Bereznai
László Péter

Életem regénye

novum pro

Ez a **könyv**
e-könyvként
is elérhető

w w w . n o v u m p u b l i s h i n g . h u

© 2023 novum publishing

ISBN 978-3-99107-359-8
Lektor: Sósné Karácsonyi Mária
Borítókép:
Jaroslav Moravcik | Dreamstime.com
Borító, tördelés & nyomda:
novum publishing

www.novumpublishing.hu

Climate neutral
Print product
ClimatePartner.com/16547-2201-1002

Tartalomjegyzék

Paranoia-hívás

– Tegnap volt 21, igaz, akkor ma 22 – zihálta bele a sima levegőbe.

Körömrágás, vacogva remegés.

– Francba! – pattant fel, füzetét földhöz vágva. – Piszkosul itt kéne már lennie! – hadarta csak úgy magának.

Merre lehet?

Talán eltévedt?

Kopogott a fagyos levegő a halántékán. Nyers gőzt lehelt ki. Üvöltés tört fel belőle.

Akkor is, muszáj tudnom!

Magára zárta az ajtót, átölelte a telefont, és földre kuporodva ölelte, simogatta, csak zörögjön.

Itt kiesett kezéből a cigaretta, a földön landolt.

Fejjel lefelé tetőled el, hazug világ.

– Még mit nem! – és összeszedte magát.

Kirohanás kirohanás után.

Kirántotta a telefonzsinórt. *Akkor már ne is gyere!* Magára borította a lepedőt, némi melegséget csiholva a zord, kies szobában.

Csak jönne már... ilyenkor már itt szokott lenni.

Felkacagott. Könnyed tánclépésbe vonaglott át. Felöltötte kalapját.

– Hát persze, kedves Pint, mindig jössz. És kisegítesz – lihegte, miközben cigaretta után kotorászott zsebében.

Remegő kezét a másikkal kisegítve rágyújtott.

– Gyűlöllek. Mindenemet elveszed e csenevész semmiért – és tovább táncolt. *Mindent vissza. Éljen, élek.*

Telefon be. Nagyot szökellve a páston termett.

Felragadta a kagylót, megcsókolta szívből párszor.

Aztán levetette magát a karosszékbe. Csak úgy pattogtak a gombok a keze alatt. Mint a lélegzetért feltörő búvár a levegőt, akként kívánta a beszélgetést.

Motoszkált könnyedén. Csak úgy szaladtak az ujjak.

Röpültek az öröm füstpamacsai.

– Na, igen, halló! – bömbölte a kagylóba. – Pint? – kapdosott a remény markát fogdosva.

– Igen, itt Pint – közölte a rekedtes hang diadalmasan. Tudván tudta, hogy mennyire szomjazzák a hangját kuncsaftjai.

– Tu-tu-tu-dod – dadogott szívből –, ugye azt ígérted, tudod ugye, hogy talán pont ma, igen – és itt belelkesedett –, hogy ma jössz, és hozod nekem Maryt! – és felragyogott a tekintete. Erélyes kacaj dördült el a túloldalon.

– Hogy Maryt? Igen, azt hiszem, le tudom szállítani. Jól vagy? – és újra kacagott. Egy újságcikken kalandozott tekintete.

– Mennyi? Úgy értem, még mennyi idő?

Kimeresztette a szemét, nem akart hinni neki, de a cikkben azt olvasta, hogy Jim, a testes, egy hete teljesen eltűnt.

– Igen, ez mérföldkő, akkor talán újra biztonságban vagy.

Persze közben leesett egy igazán nagy teher a válláról, de a vonal túlsó felén nem volt hallható a tompa puffanás.

– Hogy mikor? Idefigyelj, cimbi, van egy bitang jó hírem: öt perc, és nálad vagyok. Csak ne dadogj, tudod, hogy utálom.

– Hallottál valamit Jimről?

– Nem. Csak nincs infód? Fontos lenne.

Itt érződött: komoly pénzekről van szó.

– Pajtás, felszívódott, na. Idefigyelj, kapd össze magad, gyújts rá, főzz egy kávét, mindjárt ott vagyok.

– Rendben, kösz.

Már dobta is le a kagylót, a zenét fel, a kávét oda, figyelem a sarokban halmozódó ruhakupacra. Minden rendben – nyugtatta magát könnyeit törülgette. Mindent rendben – ismételte reménytől feltüzesedve.

Piros ing, fehér nadrág – ma urasan fogadom Maryt. Kitárta karját, és szorosan magához ölelte a csupasz semmit.

Felkurjantott:

– Itt van Pint, és hozza Maryt.

Bravó, kolléga! – gratulált magának. Köszönöm, köszönöm, köszönöm és köszönöm. Szaladt, míg a friss levegő belengte a szobát kávétól ázottan.

Bajnok vagy – és már szervírozott is két főre.

Még egyszer a tükör elé. Pompás. Figyelmen kívül hagyta, hogy tekintetét áthatotta a négy napja tartó ébrenlét, de ez már csak ilyen. *No de mi lehet Jimmel?* – tette fel a kérdést szívből felderülve. Ahogy szívét felderítette ez a tény, fejébe szöget ütött. *No, ide figyelj, te mamlasz, ma mulatsz, és holnap dolgozol.* És reménykedett. Hirtelen a sarkon megpillantotta Pintet. Kihajolt, és kezeit lóbálva üdvözölte. Ma Mary valahogy különösen szép volt. *Bravó, pajtás, nagyszerű üzlet.* Pint észrevette, nagyot emelt kalapján, közben Mary fordult egy szemet gyönyörködtetőt.

– Üdvözlöm, Mary.

Itt már – és nem csak a szeme – majdnem kiesett. *El tudok veszni ezekben a pompás barna szemekben.* Most nem gondolkodott. *Hisz' nincs itt Jim* – kapcsolt, és rohant, rohant sebesen lefelé. Maryhez.

Mary prostituált volt, pontosítok, igazi társalkodóhölgy, akinek fő feladata a szórakoztatás. A kuncsaftok szórakoztatása. És ide tessék beleérteni az üzleti megbeszéléseken való részvételt, a vacsorákat, illetve a szórakozóhelyeken való megjelenést. Igazán kiművelődött. Hetente négyszer-ötször járt színházba. A legalapvetőbb sportokat – mint a golf vagy a tenisz vagy éppen a vívás – magas fokon művelte. Egy szó, mint száz, mestere volt szakmájának.

De kezdjük az elején. Marseille-ben született, Marc Grand-Médoc du Pont és Zaiba Gongababa gyermekeként. Tehát apai ágon francia polgár, míg anyai ágon Zambia szülötte volt. Apjától a Grand-Médoc du Pont nevet kapta, míg anyjától a Christina nevet örökölte. Belegondolva, normális és stabil élet elé nézett, és minden ennek megfelelően alakult. A Codol sétányon álló kertes házban, két testvérével, Sebastiannal és Julie-val igazán gondtalan gyerekkorban részesültek. Szépen növekedtek és fejlődtek. Már a gimnázium derekánál tartott, mikor számára váratlan fordulatot tartogatott az élet. Épp kilépett a kapun, mikor beleütközött az utcán gyanútlanul sétálgató Pierre Marié Valois-ba. Pierre Marié nagyon rendesen viselkedett, felsegítette Christinát, majd ezt követően széles mosollyal meginvitálta egy kávéra. Mint mondottuk, Christina nagyon hiszékeny volt. De oka sem volt jelen esetben a gyanakodásra. Beszélgetésbe kezdtek hát, ami szépen szövődött. Messze jártak a gondolatai. Mikor kapcsolt, hogy már vége az iskolának, és rohannia kell haza, ha nem akar kikapni a szüleitől, Pierre Marie-nek ez ellen semmi kifogása nem volt. De megajándékozta fiatal hősünket egy telefonszámmal.

– Hívj bátran, kicsim, majd érted jövök – mondta.

Ő jelentős fejbólintások mellett helyeselt. Hazarohant, de valami megváltozott az életében. Na, igen. Pierre Marié igen elbűvölő teremtés volt. Korunk egyik férfiideálja lehetett volna, ha nem a La Voux elnevezésű alvilági szervezetet üzemeltette volna. Lényeg a lényeg: egyre sűrűbbek lettek a találkozások. És Pierre Marie nagyon rendes volt. Mindig hozott valami ajándékot. Elhalmozta Christinánkat ékszerekkel, ruhákkal, koncertjegyekkel és -lemezekkel. A legfrissebb slágereket hallgathatta Christina otthon bakeliten. Egyre jobban érezte, hogy megtalálta a férfit, akire szüksége van. Gyakran érte meglepetés, és hősünk szerette a meglepetéseket. Úgyhogy minden a legjobban alakult. De kitekintésünket korlátozzuk csupán a lényegre, úgyhogy ugornunk kell.

Stade de Horizon, 7:09, buszpályaudvar, esik az eső, utcai telefonfülke.

– Halló, Pierre!

– Igen, kicsim! Ugye nem felejtetted el az esti vacsorát? A legjobb formánkat kell hoznunk.

– Jaj, dehogyis, készülök rá én is. De van valami, amit el kell, hogy mondjak.

– Parancsolj, állok rendelkezésedre.

– Az igazság az, hogy veled akarok tartani Guitonne-ba.

– Nagyszerű, akkor úgy foglalok szállást.

– Köszönöm.

– Akkor este hat.

– Persze ott leszek. Szeretlek, szerelmem.

– Én is szeretlek, kicsim.

És most csöppenjünk bele egy tipikus üzleti vacsorába. Pierre, mint mindig, most is ragyog. Vele szemben három tisztes úr. Valami belsőépítészfélék. Festők, akik lakásfelújítással foglalkoznak. A legfőbb beszédtéma a város felosztásáról szólt. Nyilván, hogy mindenkinek elég munkája legyen, úgyhogy hol az egyik, hol a másik úriember nyújtott be igényt több területre, és Pierre mindig elintézte valahogy, úgyhogy a szakszervezet remekül működött. Rengeteget tudott meg Christina itt a különböző anyagokról, melyek az építkezésekhez elengedhetetlenek. Itt kiderült, hogy a tíz kiló mészből már csak négy van raktáron, míg hat elfogyott. Amott kiderült, hogy az ecset nyele könnyen törik, úgyhogy meg kell vasalni. És hősünk mindent elhitt. A tisztes urak mindig elégedetten távoztak. És Pierre továbbra is ragyogott.

Ma este is egy ilyen vacsora elé néztek. De ma valami újra váratlan fordulatot hoz a kicsi, amúgy már 18 éves Christina életében.

A három tisztes úr már ott ült, mikor megérkeztek, érződött a levegőn, hogy valami nincs rendben. A feszültség függönyt bontott. Nem lehetett nem észrevenni: sebesen beszéltek egymással. Mikor az örökké derűs Pierre oldalán Christinával belépett az ajtón, a szokásosnál is nagyobb tisztelettel nyújtottak kezet a tisztes urak. Le Cox, a Gyerek, le Trou, a csúf, és la Spouse, a házastárs. Legelőször le Cox emelkedett szóra, elmondva, hogy pokoli nagy szószban van, ugyanis a beszállító átadta az árut, de fizetés nélkül meglépett a megbízott, úgyhogy most se áru, se pénz. Felhorkantak, majd összeröffentek. Kinyúltak. Ujjal mutogattak, mint a részegek, nem lehetett érteni a szavukat. De Pierre egy ponton megunta. Két karjával utat tört a szavainak, és helyükre ültette az urakat.

– Először is – mondta –, nem olyan nagy a baj. – Előfordult már hasonló, és nem haltunk bele. A megbízott valószínűleg beteg, de már küldjük is neki az orvost.

Remekül szónokolt, a teremben mindenki őt figyelte.

– Csak kell egy új, amíg helyre nem jön.

– Christina, drága, van egy nagyszerű hírem: holnap Peruba utazol.

Felderült Christina arca. Szorosan átkarolta Pierre vállait és a fülébe suttogta: – Szeretlek, nagyon.

Itt pecsételődött meg az a bitang sors. És Pierre szárnyalt az este, a szokottnál is jobban izzott. Az egekig srófolta a hangulatot, és Christina örült, mert boldognak, s hatalmasnak látta.

Készülődés az utazásra

Christina nem aludt otthon, bár az utóbbi időben ez nem volt ritka. Vettek egy nagy utazótáskát, amelybe különleges, igazán gyönyörű ruhákat válogatott össze ruhatárából. Egész éjszaka csókban úszva, szorosan ölelkezve feküdtek, és mindketten boldogok voltak. Minden porcikájukban érezték, hogy szerelmük egy életre szól, és elégedettek voltak.

Reggel hatkor nehéz az ébredés. Pierre kényelmesen rágyújt az ágyban, és Christina fülébe suttogja:

– Ébredj, kicsim, lassan indulni kell.

– Te, Pierre, hunyd le a szemed, egy kis meglepetéssel készültem.

– Hohó, remek – mondta, és feltüzesedett.

Christina félrevonult a fürdőszobába pár kivételes ruhadarab társaságában. Azúrkék volt a cipő, a nadrág, az ing és a kalap is. Az ellentétek tomboltak, ébenfekete testén megfeszült a viselet. Úgy nézett ki most, mint egy földre szállt angyal. Várt, tétovázott, majd kilépett Pierre elé.

– Itt is vagyok – közölte, és hangján érződött a meglepetés erejébe vetett hite.

Pierre habozott, majd, mint egy igazi farkas, rávetette tekintetét Christinára.

Szóhoz sem jutott.

– Elbűvölő vagy.

És igazat mondott.

– Akár egy valóságos angyal.

Intett jobb karjával, és egy csókban elmerültek.

Taxit rendelt gyorsan, és már úton is volt a meseszép Christina Pierre társaságában a marseille-i repülőtérre.

Útközben azon tanakodtak, hogy Peruban vajon először a hegyyeket nézze-e meg Christina, vagy előbb a munka legyen meg. Végül úgy döntöttek, hogy csak így érdemes: előbb egy kis szórakozás, utána munka.

Lelkesedéstől eltelve és szerelemtől megrészegülve lépett hát fel fiatal hősünk a repülőgépre. A táskájában, a ruhakupac tetején, ott lapult egy fényképezőgép. A repülőgépen utazva ennek a használatáról olvasott. Dédelgetett régi álma volt, hogy egyszer egy igazi újságnak szállítson képeket. Azt érezte magában, hogy most eljött az idő. Hátradőlt a kényelmes székben, olvasgatott, és közben Pierre-re gondolt. Milyen fantasztikus volt a találkozásuk, és mennyit köszönhet neki, – gyakorlatilag mindent. És Pierre igazi férfi. Lehet benne hibát találni? Mindig tüneményes, sosem beszél a munkaügyekről, csak a legfontosabbakat. Nincs olyan helyzet, amire ne tudná a megoldást. És itt esik ki a toll a kezemből, hisz' hősünk ezt tényleg elhiszi, és a gyanakvás legkisebb morzsája sincs szívében.

Utazzunk hát kicsit, és várjuk feszülten a folytatást.

Kellemes volt az utazás. A gép este nyolckor landolt Limában.

A leszállás jól ment, és itt egy szívderítő meglepetés következik. Mikor túljutott az ellenőrzőpontokon, és már csomagját is megkaparintotta, egy kis zenészcsoportot pillantott meg, akik egy óriási táblával hirdették: Grand-Médoc du Pont Christina érkezésére várnak. A zenészek hősünket meglátva még nagyobb lelkesedéssel játszottak, s a háttérből egy iszonyat pompás tánclépéssel Pierre pattant ki mögülük.

Christinának leesett az álla.

De hát hogyan? Hisz' nem utazott a repülőgépen.

Ekkor szerelme a következő dalra zendített rá:

A homályos utcán nőttem fel,
Szívemben a gyomok erősödtek,
Mégis én voltam az erősebb,
Köszönöm az Istennek.

Christina ledobta a csomagot, és most nem tudta, először fényképezzen, vagy először kedvesét rohamozza meg öleléseivel. Átmeneti megoldást választott: futás közben lőtt egy sorozatot, majd rohant Pierre-hez. Mint mágnes a mágneshez, úgy tapadtak egymáshoz, elválaszthatatlanul. És lobogott fekete haja, és pörögve szántották fel a repülőtér lassan kiüresedő folyosóját. Nem törődtek semmivel. A zene kellemesen terjengett, és elvesztek a táncban. Na, de vissza két lépést. Mi a helyzet, írókám? Elfelejtetted, hogy mindig a rossznak kell győznie? De ez nem törvényszerű. És igenis, a jónak meg kell adni az összes őt megillető esélyt.

És Christina egy erős marok rázogatására ébredt.

– Megérkeztünk, fiatal hölgy – mondta egy kellemes, lágy hang. Az utaskísérő volt. Megérkezett a gép Limába, és le kell szállni. Nincs mese.

Egyet érzett erősen, hogy hiányzik Pierre: mikor vele van, nem kérdés, hogy sikerülnek-e a dolgok. Tudta, most is minden le van szervezve, el sem lehet rontani. Már várja a kocsi, ami felviszi a hegyekbe.

Kiért az épület elé, és mikor lelépett a járdáról, felgyulladt a gépjármű lámpája. A fényárban érezte a biztonság meleg érzetét. Bepattant, a sofőr illedelmesen köszönt. Egy térképpel a kezében magyarázott, hogy most Otopa városába kell menniük, onnan pedig egyenes úton haladnak tovább üzemanyag beszerzése után a meseszép Kiriachiba, ahol az indiánok isteneiknek emelt különleges és lélegzetelállító épületegyüttesét lehet megpillantani.

Christina boldog volt, az autó robogott Otopa felé, és minden a tervnek megfelelően alakult. De tartsunk kis szünetet, mert a mesélő torka kiszáradt, a szereplők fáradtak, és egyébként is este van, ilyenkor ennek van ideje. Hősnőnk hátradőlt, és énekelt, a kellemes levegő az arcába dobta a tavasz összes vadságát, és a véglétességig tökéletesnek érezte az utazást.

A kocsi gyorsan haladt, nem ütköztek akadályba sehol sem. És minden jót ígért.

Christina átdobta egyik lábát a másikon, átkulcsolta kezeivel, most messze járt, a csendes blues messzire repítette. Pierre-re gondolt, és utolsó közös éjszakájukra, és kiteljesedett a harmónia. A szerpentinen halkan suhant végig az autó. Nem volt semmi, ami a hangulatot rosszra hangolta volna. De térjünk vissza kicsit Marseille-be. Nehogy lemaradjunk valamiről, ami fontos.

Codillac eleste:

Le Trou magából kikelve üvöltött és egy térképre mutogatott, amin egy kövér piros paca uralkodott el.

– Uraim, elvesztünk, hadállásainkat lassan betemetik a romok – viharzottak ki száján a szavak.

De miről is volt szó? A Codillac negyed a banda főhadiszállása volt. Közös gyermekkoruk színhelye. Sűrű, kalandos utcák, borzas terekkel. A levegőt karcos füst borította még nyáron is. Valami mindig füstölt – leginkább a gyárak –, és az emberek mindent tűrtek, és helyesen is tették, mert aki már itt sem tudott házat venni, az ugyan sehol. Na, kérem, ez a negyed a tisztes uraknak afféle szentély volt. Sérthetetlen. És tessék, most elözönlötték az idegenek, főleg a koreaiak, és nekik, ahogy látszik, semmi sem volt szent.

– Fényes nappal három keverő esett el. Szörnyűséges.

Kövér teste zihált az idegtől. Fogta és rázta a térképet. De Pierre hideg nyugalmával ismét nem tudott versenyre kelni. Letessékelte az urakat az asztalról, és beszélni kezdett:

– Mélyen tisztelt társaim, barátaim, testvérek. Nem kerülhette el figyelmeteket az utóbbi napok borzalma. Három igen kedves emberünk veszett oda. De figyelem, mi nem, és amíg mi élünk, a banda is él. Az embereket pótoljuk, megüzenjük az Új Koreának, hogy igencsak eltévedtek, és nem történt semmi. Bátorságunk nem szenvedett csorbát, erényeink mind megvannak. Bízzatok benne! – és itt érződött, hogy egy könnyet bizony nehezen nyomott el a szeme sarkában. Kijelölte az új hadállásokat, és dörgedelmesen leszögezte:

– Magam megyek beszélni Wu Hiennnel.

De ez egy külön történet.

Találkozás Wu Hiennel

Le Tertois sétány, péntek délután kettő. A nap már igen magasra hágott, mikor a sok motorbiciklista között feltűnt a hófehér öltönybe öltözött Wu Hien. Hosszú fehér szakálla és erőteljes, kopasz halántéka csak emelte megjelenése fényét. Egyébként mindenki fekete bőrruhát hordott. Kivált a sorok közül és elindult a szűk sétány fákkal borított felére, ahol néhány pad áll. Pierre ma Christine nélkül érkezett. Most fekete öltönyben virított gyásza jeleként. Komoly érvágás három ember elvesztése.

– Észak vagy nyugat – süvöltötte Wu Hien felé.

– Maradok, jó itt – nyögte Wu Hien.

– Nem akarok több vért látni – húzta ki magát Pierre.

– Nem fogsz, ha a negyedet átadod, amúgy tiétek az egész város.

– Tudod, hogy nem tehetem, nekünk ez a szentély.

– Beszéljen a pénz – dobta fel a koreai. – Hatmillió készpénzben, ha eltűntök – vágta rá az adut.

– Hatmillió? Nem is tudom… elsőre soknak tűnik, de nézz oda, mennyien vagyunk. Ha megosztozunk, mi marad, pár tízezer fejenként?

Pierre magasba dobta kalapját.

– Legyen, akkor ősi szokás szerint párbajjal kell döntenünk a terület sorsáról. Te választod a fegyvert és a helyszínt.

– Teringettét, egy ember, aki tud uralkodni önmagán – derült fel Wu.

– Holnap, pontban éjfélkor. A Lyoni fogadóban, az emeleten. Csak te és én. Sakkban döntjük el a kérdést.

– Legyen kívánságod szerint – sóhajtotta Pierre.

Kalapját fejébe nyomta, Wu-nak kezet adott, és amilyen hirtelen érkezett a tisztes urak társaságában, olyan gyorsan el is tűnt. Nem félt most sem, pedig komoly volt a tét. De Pierre sosem félt. Lenyűgöző egyéniség volt.

A döbbenetes parti

A Lyoni fogadó szűk termek láncolatából állt. Igazi búvóhely volt a komoly játékosok számára. A nyolc terem egy hatalmas belső helyiséget ölelt át. Ez az igazán komoly partik helyszíne volt. A tündöklő bordó falak árulkodtak csak arról, hogy itt bizony már sok vér folyt, és ez az áradat nem szűnt csökkeni. Hatalmas pénzek fordultak itt a kezek között. Wu választott helyszínt, így Pierre kezdett. Mindent a királynőre tett fel. Nem hagyta magát sarokba szorítani. A gyalogok neki csak teret jelentettek; hamar kilépett velük, és kíméletlenül tört az ellenfele térfele felé. Öngyilkos taktikának tűnhet, de neki tér kellett a játékhoz. Wu a lovaival száguldozott. Egymás után mészárolta le Pierre gyalogjait, azok csak kis sikereket könyvelhettek el. Wu elégedetten pöffeszkedett.

– Hát, fiúk, figyeljetek ide, ez gyors parti lesz...

De mire kimondta, Pierre futója leragadta a királynőjét, és a tehetetlen király egyedül ácsorgott. Remek lépés volt, mindenki csak helyeselt és bólogatott. És most indult el a végső csapást bevinni a királynővel. Mire Wu észbe kapott, már tényállás volt a matt.

Pierre felpattant, megragadta a megtöltött fegyvert, és Wu fejéhez fogta.

– Most kaptok egy utolsó esély. Hatmillió, és holnaptól nem akarlak benneteket látni.

Nem tudták, a főnököt mi fogta el. Nem így szokott viselkedni: mindig kemény volt, és egyszerű. Végezte a dolgát, és morális kérdéseken nem rágódott.

Wu felpillantott, s látszódott rajta, hogy összetört a lelke.

– Köszönöm – sírta, és megcsókolta Pierre kezét. – Jó vezető vagy, ha elfogadsz bennünket – és elcsuklott a hangja. Akkor és remegő kezeivel tétován úszva, csak annyit tudott mondani:

– Köszönöm.

Térdre esett, és ezt mondta:

– Drága Pierre, megkímélted életem és a bandámat, sokkal tartozunk neked. Cserébe már holnap elhagyjuk a várost, de csapatod szerves része kívánunk maradni: oda megyünk, ahova mondod. Nagy vezető vagy, ahova raksz minket, ott fogjuk érdekeidet képviselni – és sírt, mint egy kisgyerek, de örömtől átnedvesedett arcán a hála jelei mutatkoztak.

Pierre lerakta a fegyvert, átölelte Wu fejét, és azt mondta:

– Nagy öröm ez nekem, pajtás. Akárhogy is, bassza meg, ennél nem is alakulhatott volna jobban. Nektek adom hát Toulont, szerezzétek meg az egész várost a ti módszereitekkel, és adjatok hírt, hogy mire jutottatok.

Wu még magához sem tért, a rengeteg információ súlyként görbítette meg hátát.

Csak ennyit mondott:

– Ím, legyen.

Kezet fogtak a vezetők, majd Pierre, aki már igazán elemében volt, pezsgőt rendelt, és ekként kurjantott:

– Igyunk, testvérek, Codillac sérthetetlenségére – és elégedettséggel felvillanyozva még gyönyörűbb volt, mint eddig. Összeborultak hát az Új Korea maffia tagjaival, és barátságokat kötöttek.

– Olyan egység lesz ez, aminek híre messzire eljut – jelentette ki diadalmasan Pierre.

Elégedett volt az intézett dolgokkal; nagy vágya volt a terjeszkedés, de neki itt kellett maradnia, hisz' ez volt a szülőföldje, azonban nem tudta, kit küldjön el Toulonba. Így hát mindig maradt a biztos mellett és nem mert kiváltani.

Úgy jött neki Wu ajánlata, mint száradt földnek a friss zápor. Nem értette, de tudta: ma nagy dolog fog vele történni.

De ne hanyagoljuk el Christinát sem, térjünk hát vissza Peruba, és koncentráljunk egy gyönyörűséges lány életének igen jelentős eseményére.

Christina és a hegyek

Lassan Otopa városba értek. Itt megragadta a lehetőséget, és készített pár fényképet egy elbűvölő kávézóról, ami egy kádat formázott. Jóleső érzés fogta el, mikor a csap alá letelepedett, és rendelt egy eszpresszót. A sofőr mondta, hogy nincs idejük, de ezt nem tartotta fontosnak. Neki ha valaki parancsolhat, az csak Pierre. De a kávét követően szépen visszaszálltak az autóba, és a Pirion tetőn haladtak végig. A lapos terasz szélesen terpeszkedett el. Messze el lehetett látni, végig Peru hegygerincén. Itt érte őket a napfelkelte. Olyan gyönyörű volt, hogy kénytelenek voltak megállni, hogy Christina készíthessen pár fotót. Csinált a hegyi állatok pompázatos kavalkádjáról is. Magával ragadta az élmény. Így nyugtázta, mikor Kiriachiba értek:

– Valószínűleg ez volt életem legszebb napja, kár, hogy nem élhette át Pierre.

A falu összesen egy utcából állt. Itt sorakoztak a kis fonott kosárhoz hasonlatos házikók. Kellemes egyszerűségükkel csak úgy meredtek, mint apró asztali díszek, miket valahogy Isten itt felejtett. Vagy akarattal hagyta itt? Tanulságul az embereknek? Mondván: „gyerekek, így kell élni". Nem igazán lehetett eldönteni. És az igazán leleményes peruiak úgy alakították ki őket, hogy otthonul szolgálhassanak. Christina is kapott egyet, a hatos számút. Ez volt a kedvenc száma – látod-látod, Pierre mindenre figyelt. De most még mászkálni akart: tudta, hosszú nap áll előtte, úgyhogy pihenni is kell. Átöltözött hát gyorsan olajzöld terepruhába és útnak indult egy kis perui legény társaságában, aki felkínálta segítségét, nehogy hősünk eltévedjen. A keskeny hegyi ösvény egy erdős terület felé kanyargott, de Christina most kilátót akart, így hát a plató széle felé igyekeztek. És Christina érezte Isten közelségét, és már értette, hogy miért volt fontos, hogy eljöjjön ide. Maradandó emlék, az egyszer fix. Nem volt félóra járásnyira a terasz-szegély, gyorsan oda is értek tehát. És itt eléjük tárulkozott a felhők alatt meglapuló Peru. Itt-ott hegyek döfték át a felhőket, helyenként a felhőabrosz-lyukakba szinte beleesett az ember tekintete, olyan szemtelenül szép volt ez az egész. Minden gond messzire került. Leültek, és készültek a szebbnél szebb fotók, és Christina boldog volt, és hálát adott az égieknek, hogy eljutott ide. Lábát lóbálva dalolászott, és a katlant, mi alattuk elterült, egy elbűvölő teremtés hangja töltötte be, és a szeretet harmóniáját játszva könnyet csalt minden hallgató szemébe. Csak úgy tündökölt. Itt töltötte a nap nagy részét, csak ebédre sétált vissza az otthon melegébe. És tudta, holnap reggel utaznak haza, csak azt a rózsaszín hátizsákot ne felejtse itt, ami az ágyán várta. Igazából ezért jött, úgyhogy észben tartotta.

– Hát igen – mondta, mikor este már az ágyban feküdt –, ez a Pierre egy remek manus, bárcsak egyszer megkérné a kezem.

A szíve mélyén tudta, hogy nem érheti baj egy ilyen ember mellett, és ez örömmel töltötte el. Gyorsan elmondott egy hálaimát a mai napért, és még egy kicsit nézegette a fotókat, melyeket ma készített, majd nyugovóra tért.

A nem várt fordulat

Nem kellett sietni, kényelmes nap várt Christinára. Mikor kilépett a ház ajtaján, már magasan járt a Nap. Tele volt a tegnapi nap lendületes, részegítő energiájával a levegő. Szerette volna újra és újra átélni ezt az élményt.

– Majd mondom Pierre-nek, hogy jöjjünk el ide minden évben legalább egyszer – és nagyot, érzelmeset sóhajtott. Intett a sofőrnek, ki az egész éjszakát a ház előtt álló heverőn töltötte, óvta Christina édes álmát. Beszálltak hát az autóba, és megcélozták a fővárost. Milliom emlék, milliom sóhajtás, és levélírásba kezdett.

Drága Pierre, hercegem!
Nagyon örültem az ajándékodnak, rengeteg szívderítő meglepetésben volt részem. Varázslatos ez a hely, tele van minden erővel, és ámulatba ejtő magasságokig tornyosul a szent levegő. Itt minden tömör, elképesztően vaskos, és mégis gyöngéd gyönyörrel van tele. Itt lenne a helyed mellettem, és együtt szárnyalhatnánk. Most hazafelé tartunk, kezemben tartom a fényképeket, és nem tudom megállni, hogy gyorsan ne küldjek neked párat. Nem tudom, van-e értelme, vagy a repülő hamarabb hazaér, de szeretném minél hamarabb megosztani ezt veled. Még egyszer köszönöm az utat.
Küldök millió csókot: szerelmed, Christine.

És amíg a levelet írta és az emlékképekben gyönyörködött, valami nagyszerű érzés töltötte el. Hamar Otopában voltak. Ismét felkereste a kedvelt kávézót, beleheveredett hirtelen egy fonott székbe, és csak Istenen járt az esze. Boldog volt önmagában attól, hogy ilyen közel került teremtőjéhez. Magasztos gondolatokkal rügyfakadásig telve most ő is kényelmesen rágyújtott. Ritkán, de megesett vele, hogy megkívánta, és a kávé által kijelölt nyomokat követve az égnek támasztott lajtorjákon himbálózva, kényelmesen felült egy felhőre, és onnan, mintegy kiemelt pozícióból, figyelte a földi gondokon töprengő embereket. És most még gyönyörűbb volt, mint szokott. Ében arcából előtörő nyers rubint ajkán megcsillant a napfény. És mindenki, aki csak látta ebben a pozícióban, megemelte kalapját, magában elmondott sebesen egy imát, és Isten nagyszerűségén töprengett. Maga volt a tökéletesség. Csak heverésszett, néha finoman megrázta a fejét – ilyenkor nagy köröket lengtek be fülbevalói. Tudta, most jött el az a tökéletes pillanat, amiről mindig is álmodott. Tudta, ez a csúcs életének göröngyös útján, most egy tetőhöz érkezett, és nincs tovább. Vett egy nagy és hosszú lélegzetet. Elengedte mind a terheket.

– Jaj, de gyönyörű vagy, te élet! – sóhajtotta elégedettséggel. – Ha lenne naplóm, most ennek az élménynek szentelnék egy külön lapot – álmodozott magában. De azt akarta, hogy ez a nap még tökéletesebb legyen. Zenét kért.

– Maximillen, Rogersük van, kérem?

– Hogyne, hölgyem, melyik dalt méltóztatik választani?

– Az utazás a lélek hágóján-t szeretném.

Egy pillanat, és forgott a lemez, a tű hangos sistergéssel hozzáért. A kávézó előtt összeverődött, már tetemes méretűre duzzadt csoportból ez hangos ovációt váltott ki. Christine táncra perdült, és az álmélkodó csoport legnagyobb döbbenetére rákezdett a dalra angol nyelven. Nem értették ugyan, de érezték, hogy életük komoly eseménye ez.

És a testfonat vadul kígyózva mutatta az élet lüktetését. Még nem láttak ilyet. Négy hosszú percig némaságba burkolózott a csoport, és elteltek magasztos érzelmekkel. Az idő megszűnt. A boldogság vibrált. Mikor a zeneszám végéhez értek, egy öreg bácsi lépett elő. Megemelte kalapját, és a bronzos, napedzette indián arcán mutatkozó összes ránc egyetlen mozdulattal kisimult. Ekképp szónokolt:

– Köszöntelek, te drága kincs, Otopában, szülővárosomban. Kérlek, fogadj el egy kis ajándékot, hisz' ha jól tudom, útra indulsz.

Nyomatékosítva szándékát egy nyakéket akasztott le nyakából, melyben lilás ametisztkövek virítottak. Odalépett a gyönyörűséges Christinához, és kezébe rejtette.

– Az indián szellemek laknak benne. Ha baj érne, vedd elő ezt a nyakéket, és hívd őket segítségül – mosolygott szívből. – Tudnia kell, én pap voltam egész életemben, és beutaztam a hét óceánt, gyűjtve a tudást népem számára, ilyen fantasztikus élményben még sohasem volt részem. Tudja meg, magának feladata van, és ez a feladat pompás és édes. – Megnedvesítette kiszáradt ajkait, majd folytatta: – Ez a nagyszerű feladat az emberek szórakoztatása. Emelkedj fel hát eme magas pillérre, lányom. Emeld fel arcodat Isten felé, és adj hálát a sorsnak.

És Christine érezte, az öregnek igaza van. Átölelte hát. Boldog volt. Felöltötte hát az ékszert, és ezt mondta:

– Amíg élek, hordani fogom, és köszönöm az útbaigazítást, megfogadom tanácsát.

A tömeg itt hátrahőkölt és helyet készített Christinának. És ujjongtak, és nagyokat kurjantottak, és érezték e helyzet tökéletességét, és nem tudták feldolgozni, és valami komoly csattanót vártak. És Christina letérdelt, és az öreg indián pap lábához telepedett, aki így szólt hozzá:

– Isteneim nevében és a szent szellemekkel karöltve megáldalak, és a Mary nevet adom neked. Viseld ezt a nevet még nagyon sokáig, és váljon valóra minden terved.

– Köszönöm, megfogadom tanácsod, te kedves öreg pap.

Majd kilépett a kávézó ajtaján a bátorítóan integető és kurjongató tömeg felé, mely közeledtére szétvált, szabadon hagyva egy ösvényt, melyen eljutott az autóig.

Kicsit pihenjünk meg, barátaim, mert itt annyi sok minden történt, hogy ránk fér egy kis fissítő.

A lágy dallam keresztülhullámzott a tömegen. Mary biccentett, a sofőr fejébe nyomta a sapkáját. Az elképedt tömeg morajlott, mint mikor leválik egy jéghegy a jégtömbből. És mire felocsúdtak, a kocsi már a messzi távolban ringott. Mary kimerült volt. A rengeteg új élmény elraktározásán dolgozott. A zene és a ko-

csi kellemes duruzsolása hamar álmot nyalt a szemére. Végig-
dőlt az ülésen. Hármat pislantott, a Nap belepillantott még a
szemébe, majd a lelki béke megvizesedett, termékeny talaján
hamarosan az álom szőtt hatalmas, finoman felépített köny-
nyedségeket játékul Marynek.

Az álom

Állj, állj, állj, állj!

És szaladunk a kocsi után, hisz' vesztébe rohan. Csak volna még egy szó, csak történne valami, ami megváltoztatja hősnőnk sorsát, de reményre semmi sem ad okot, és ekkor az Ördög vadul a húrokba csapott, és élvezettől didergett. Nagybőgőjéből a kacagás vadul viharzott végig a vidéken. Érezte, itt ő az úr, és kérlelhetetlenül lecsap a kiszemelt személyre. Nincs kegyelem. Hájas teste a szűk fekete gúnyájában a nevetéstől hullámzott. Most azt érezte, ereje teljében van. És kacagott. De közben ujjaival játszott, nehogy hiba csússzon a tervbe.

Na de kérem, hol van ilyenkor egy hős? Kérem, író úr, kegyelmezzen meg neki, hisz' most talán valami gyönyörű következne.

Na de ne siessünk előre, nézzük csak azt az álmot!

Egy szűk alagúton csúszunk lefelé, és fény sehol, majd hirtelen valami nagy, puha valami tetején landolunk. És igen, egy torta tetejére huppantunk. Pont a közepére. Tapsözön. A közönség őrjöng.

Bravó, Pierre. Ez jó húzás volt.

Taps, és még taps. Az ijedt Christinát egyszer csak nevetés fogja el, átveti kezét Pierre fején, és szájon csókolja. Hálát érzett szívében, mint annyiszor máskor. Pierre talpig fehérben, mint egy igazi úr, és most valahogy még jobban ragyogott, és táncba invitálja Christinát, magasba lendül a rózsaszín szoknya, és a Hot Jazz Band elkezdi húzni a talpalávalót. És a pár csak forog és forog, repíti őket a zeneszó, és csak arra gondolnak, hogy milyen jó ilyen közel a másikhoz, csak ez a perc ne érjen véget. Csak tartana örökké. És Christina elemelkedik a talajtól Pierre-rel együtt, és felköltöznek a csillárra, és kellemesen róják a köröket. Úsznak a fényárban, és valahogy minden lassul és megrövidül, és tovább emelkednek, elhagyják a tánctermet, és felköltöznek egy felhőre, és most már a Nap adja a fényt, és elhalkul a zene. És már lassan csak ketten együtt, és csókban úsznak, és egy felhőre telepednek. De jaj, a felhőt Christina cipője megrepeszt, és két külön felhődarabra kerülnek. Még csak kicsiny a távolság, de rohamosan nő, és már lehetetlenség átugorni. És Christina zokog. Lelógatja lábait a felhőről, le akar ugrani. Pierre kiállt a messziből:

– Ne tedd, megkereslek, és újra egymáséi leszünk.

És Christina hisz nek; felkel, felemeli könnytől ázott arcát, és úgy int Pierre-nek. És csak egyet érzett szívében, és nem tudta elfojtani az égető hiányt. Annyira közel a boldogsághoz, és hirtelen olyan messze.

– Hiányzol, Pierre – kiáltotta a messzeségbe. És felébredt.

Hú, ez kemény volt. Szerencsére csak álom... Felkapta a rózsaszín hátizsákot, kilépett az autóból, és a reptér parkolójából a főépület felé vette az irányt. A sofőr hozta utána nagy bőröndjét.

A cudar mindenit – gondolta Mary –, *na, ez a nem semmi, majd elmesélem valakinek, aki érti az álmot.* Cseppet sem aggódott, hogy valami közbejöhet. Pierre mindent kigondol, és mindig egyenes.

Óh – kapott észbe –, *a levél. Jaj, hová tettem a fejem? Igen-igen, fel kell adni, de vajon itt lehet-e.* A sofőr most érte utol.

– Brúnó, ezt még fel kéne adni.

– Rendben, kisasszony, várjon meg itt, az újságos stand előtt. Egy perc és visszajövök.

A le Figarót olvasgatta, mikor egy erős férfikéz megmarkolta a vállánál fogva, megragadta, és egy igen tömör kérdést szögezett hősnőnknek:

– A magáé ez a táska? – és az ideges úriember karjából kimeredt egy kövér ujj, és a hátán függő táskára mutatott.

– Öhm, elnézést, uram, de mi köze hozzá?

– Jaj, bocsánat. Juan Manuel Topal rendőrfelügyelő, a limai különleges nyomozati egység drogügyekkel foglalkozó helyettes megbízottja vagyok.

És Mary csak egyet értett ebből az egészből: hogy bajban van, és nincs Pierre, és nem tudja, hogy mit kéne csinálni.

Ne veszítsük el a fonalat, de mint hősnőnknek, nekünk is meg kell találni a következő lépést. Legyen az pihenés, tánc, és vágyteli őrlődés. Szép estét! Drukkoljunk most a szerelemnek és a kicsiny Marynek, és hogy ne az Ördögnek legyen igaza.

A bajnok

Szokásos törzshelyén köszöntötte a reggel. Mikor megpillant-
juk hősünket, éppen az aktuális napi sajtón akad meg a szeme.
Kávéját lehelyezi az asztalra, hogy jobban tudjon koncentrálni.
Na, és most meglököm magam, ne álljunk meg az ajtóban, me-
rüljünk el a gondolatokban. A főcím: Andrea Tassone 13.-szor
is kész megvédeni címét.

– Na, ezzel a címmel döbbenetet akartak kicsalni az embe-
rek szívéből – summázza hősünk. Még most is furcsa volt neki,
hogy magáról olvas az újságban. Ahogy ide tartott az újságos
üzletekből, csak úgy zuhogtak rá a cikkek. Mindenki feszülten
figyelt. Néma csend kígyózott, amerre csak járt.

Igen, már leírtak teljesen, pedig csak fél évet hagytam ki. Most
azt remélte, itt elbújhat és felfrissülhet kicsit, de nem tudta
megállni, hogy bele ne pillantson a napi sajtóba. Most épp itt
tartott, de adjuk át neki a szót, és biztosítsunk neki teret a ki-
bontakozásra. Ugyanitt egy hatalmas kép Esteban Gutierezzel.
Esteban spanyol volt. Madridban született, profi bokszoló. Fel-
törekvő tehetség, most a 26. életévét tapossa. Óriási lehetősé-
get kínáltak fel neki. Most vagy soha alapon felérhet a csúcsra.

És egy nagy buborékban az alábbi sorok: Akkor is én vagyok
a legjobb.

És nem hagytak, hogy válaszoljak neki – nevetett. *Én annak ide-
jén alig mertem kilépni az első címmeccsemre. Ő meg csak úgy oda-
mondja nekem, a Bajnoknak, hogy „Én vagyok a legjobb". Hihetetlen,
de majd elválik, én nem tartok tőled.* Kellemesen hátradöntötte a
fejét, hogy jobban ki tudja élvezni a kávé ízét. Az újságcikkben
ez állt: A Bajnok újra a színen. Nagy kérdés, hogy képes-e ezt az
akadályt megugrani, egész Padova lázban ég. Hősként tekinte-
nek a legendára szülőföldjén. De most igen komoly a tét: a világ-
bajnoki öv. Ma este eldől, hogy meg tudja-e őrizni a dicsőséget
Olaszországnak. A Maestral este 8-kor fogadja a versenyzőket.

Az utolsó jegy már az első nap elfogyott. És most jön, ami nem semmi: a bajnoknak egy világkörüli utat kínáltak fel, ha sikerrel veszi ezt az akadályt is.

Hűtsétek már le magatokat! Tudom, hogy komoly a tét, és mindent megteszek értetek. Tudom, mi a kötelesség. Letette az újságot. Elkortyolta a kávét, majd intett a pincérnek:

– A számlámat legyen szíves.

– Három euró, húsz cent.

Letett egy öteuróst az asztalra, majd távozóban volt, mikor Jim jelent meg az ajtóban. Jim, a köpcös. Széles mosollyal az arcán, egy csokor rózsával a kezében, és egyenesen hősünk felé vette az irányt.

– Csakhogy megleltelek, cimbora! – Majd dobbantott, és átnyújtotta a virágot.

– Áh, szervusz, Jim. Képzeld, én vagyok a címlapon.

– Tudom, minden lapban. Na, ez a karrier, pajtás. Meginvitálhatlak egy körre? Valami nyugodt helyen.

– Mire gondolsz? Ez a hely nagyszerű. Foglaljunk helyet kint a teraszon.

– Rendben van, pajtás – és fejét ingatva kiviharzottak.

A korlát mellett foglaltak helyet. Jim, mint mindig, whiskyt rendelt. Andrea maradt a narancslé mellett – egy címmecscs előtt mégsem ihat az ember.

Jim megköszörülte a torkát, majd ivott egy kortyot, nagyot nyelt, és így folytatta:

– Tudod, lógsz nekem egy kicsi pénzzel... hát tudod, ez ilyen, és ha megnyered a meccset, akkor nincs is semmi baj, törlesztesz, ahogy szoktál, és barátságunk örök.

Ennél a pontnál hátradőlt a székkel, és lábait himbálva játszott. Ujjaival az asztalon dobolt. Szerette a feszültséget.

– No, de mi van, ha kikapsz? Tudod te is, már túl vagy a negyvenen. Sokat lassultál és sokat hagytál ki, ez a srác meg egy bomba. Tudod, a mai fiatalok, hirtelen a csúcsra.

– Ne félts engem! – védte a támadást Andrea.

– No, igen, igen, persze, persze.

Rágyújtott egy kövér kubai szivarra.

– Kérsz, pajtás? Vagy a régi móka: se pia, se nő, se semmi? –
és kacagott. – Nem változol.

Tar fején végigsimított. Köhintett, majd ekképp folytatta:
– Persze, ne vesszünk el a részletekben. Hallottad? Felkínáltak egy világkörüli utat. Élj vele. Kapcsolódj ki, ez az élet, és szélesre tárta a karját. Mire vársz? Most megvan a lehetőség, megnyered, mert tudom, hogy képes vagy rá, elmész kikapcsolódni, aztán bejelented, hogy visszavonulsz. Mint bajnok. Érted, és ez a kulcs: nem mint egy kopott ruhadarabot, úgy dobnak le, hanem – tétovázott, kipillantott a gyönyörű tájra, majd folytatta –, mint bajnok, érted? Itt ez a kulcs. Úgy vonulsz viszsza, mint bajnok.

Ingnyakán játszott. Összecsapta két zsíros kezét, és lendületben ingadozva ekképp lamentált:
– Na, akkor a szitúáción – és nem bírt a nevetésével. Hahotázott jólesőn.

– Nyersz. Kipihened magad, átjössz hozzám és kifizetsz, aztán lelépsz nyaralni, és mindenki boldog. De egyet se félj, ha visszajössz, biztos találsz magadnak valami jó helyet. Sőt, idefigyelj, pajtás... – és átnyalábolta a két izmos vállat –, tudod jól, hogy rám mindig számíthatsz.

– Na, erre nem számítottam – nyögte ki hősünk. – Először is kezdjük ott, hogy ez egy elég tisztességes ajánlat. Egye fene, Jim, te mindig jó voltál hozzám. Tudtam, hogy rád számíthatok.

Belecsapott Jim húsos markába, és ezt kurjantotta:
– Köszöntelek, díszes szabadság.

Jim elégedett volt. Rendelt még egy whiskyt, visszatelepedett a teraszasztalhoz, és figyelte, ahogy a Bajnok széles háta távolodik.

Hazafelé menet

Ugye az ajtóban álltunk, de ne feledkezzünk meg valamiről: a Bajnoknak élt a lelke, és nem volt egy amolyan feladós fajta. Nem szerette félbehagyni a dolgokat. Új meccs, új kihívás, és amíg van kihívás, addig élet az élet. Utána, jaj, utána csupáncsak ébrenlét, és ez neki nem hiányzott, és sehogy sem fért a fejébe, hogy így kelljen véget érjen egy élet munkája.

Majd ha veszítek – szögezte le magában, és hátrapillantott Jimre, aki széles mosollyal fogadta tekintetét. Magasra emelte poharát és felkiáltott:

– Igyunk a barátságra! – és ígéretének eleget téve lehúzta a whiskyjét. Majd felpattant, és hősünk után sietett.

– Várj, Bajnokom! – és rázendített a „Csak egy csókra tértem be Párizsba" című dalra. Az emberek a kávézóban vadul figyelték az eseményeket. Sokan most látták először élőben a bajnokot. Volt, aki aláírást szeretett volna, de Jim leintette őket.

– Ma enyém a Bajnok – és máris belekarolt Andreába. – Hazakísérlek, ha nem gond.

– Ugyan, hova gondolsz, Jim? Miért lenne gond? De előbb ugorjunk el a Melódiába, most szükségem van egy kis magányra. Persze te nem zavarsz, de szeretném kizárni a tömeget. Jó is, ha jössz, úgy biztosan élvezhetem ezt a derűs délelőttöt.

– Persze, cimbora, persze – mondta derűsen Jim.

A Melódia kávéháznak viszont volt egy különlegessége: akadt egy eldugott hátsó terme, ahol az elit vendégek kényelmesen szórakozhattak. A Bajnok is az elitbe tartozott. Most ide tartunk biliárdozni, ami igen komoly szenvedélye mindkét szereplőnek, de ne rohanjunk előre, mindent csak szép sorban.

A Fehér Rózsa előtt megállt, mint egy cövek, az atlétatermetű Andrea, a belé karoló Jim majdnem orra bukott.

Mint a rabságban sínylődő nép a szabadságért, úgy tört ki belőle:

– De ugye Maryt is magammal vihetem?

– Már intézkedtem, igen, ha nyersz, Mary is veled utazik.

– Köszönöm, Jim, nem tudom, mi lenne velem nélküle.

Tovább ballagtak. Jim nagyszerűen énekelt, és lépéseit cifrázta. Néha előbukott belőle pár sor.

Végigsétáltam a Szajna partján
És tekintetem megcsusszanván
A folyó tükrén
Botlottam beléd.

A Bajnok esze csak Maryn járt. Vajon merre járhat most? Vajon mit csinálhat?

De elnyomta magában a gondot, és átadta magát a Jim által szolgáltatott jókedvnek. *Este úgyis ott lesz* – morfondírozott, és már maga előtt látta a képet, ahogy a frissen nyert csatát közösen ünneplik, és Mary karjaiban merülhet el. Már két napja nem látta, az edző ugyanis szigorúan elrendelte, hogy az utolsó három napban ne találkozzanak, de ez hősünknek igen nagy szenvedés volt. Minden porcikája kívánta az érintéseket. Csak telefon. Bolond világ. Szeme a kacskaringós útra terelődött: mint Mary haja. Szerelmesen sóhajtott, és nem tudta, merre jár. A szemei előtt csak Maryt látta, és kereste-kutatta, minden gondolata ezen függött. Nem látott és nem hallott. Gyönyörű képsorok vágtattak szemei előtt. És Jim nemhogy nem zavarta, inkább segítette az elmélyülésben. Már éppen ott tartott, hogy megszólítja Maryt, mikor Jim oldalba bökte:

– Itt vagyunk, pajtás – és a vállára csapott.

Bentről kellemes zeneszó áradt ki. Andrea felnézett. Leszögezte magában: már megint vele álmodtam. Sóhajtott. Fogta a rózsacsokrot, beleszimatolt, és még mélyebbre merült. Extázisba hozta a sok jó élmény. Ilyenkor szokott a legjobban játszani, ha van ritmusa az életnek. Még egyet sóhajtott, és most már tudta egészen biztosan, hogy nyerni fog. Maryért, hogy végre teljesen szabadok legyenek, és egy álom lesz valósággá.

Ebben a pillanatban az angyalok kórusa bizony még ágyban volt, és takaró mögött. Sebastian, Matthias és Ethien innen kö-

vette nyomon az eseményeket. Ekkor azonban Ethien kipattant az ágyból, a hárfához rohant és rázendített „A még vannak csodák" című örökzöldre, és a többieket is dalra invitálta. Ethien játszott, testvérei, Sebastian és Matthias kétoldalról közrefogták, és elűzték a gondfelhők nyomasztó áradatát. Ekképp daloltak:
– Túl a vízen van egy hely – kezdte Ethien.
– Hol a szíved nyugalmat lel – csatlakoztak a többiek.
És valóra válnak minden álmok,
Ha tiszta szívből kívánod.

És játszottak és énekeltek, és bongyor fürtjeikkel játszott a szél, a dalt a madarak meghallották, sebesen csivitelték tovább, és a felhőszigetről a harmónia áradt a messzeségbe.

Hát vannak még csodák... hunyjuk le mi is szemeinket ebben a hitben, és bízzunk benne, hogy vannak megvalósuló álmok.

Igen, ez a perc majdnem végletekig tökéletes, de ne vesszünk el benne, mert egy igen komoly beszélgetésről maradhatunk le. Szegezzük hát tekintetünket a Melódia kávéház különtermére, és csatlakozzunk a társalgáshoz.

A múlt halántéka

Hirtelen felriadtam, az est sötétjében fagyos, hideg falak tükröződtek. Mintha nyaldosta volna szívem lángja őket. Így feszült a riadalom neki a falaknak. Édeskevés nyugalmat csak a nyitott ablak sugárzott. Feltápászkodtam hát, és elbotorkáltam az ablakig. A csendes esőszag adott kis enyhülést. A puha koppanásokat mind beitta a szívem. Jólesően néztem hát, ahogy játékosan potyognak a cseppek. A szobát kiáltásom vad dühe töltötte ki. A kicsiny résen csak lassan tudott távozni, de így csendesült lelkem is lassan. Csak álltam és néztem. Arcomat és egész mellkasomat jeges veríték verte ki. Csapzott voltam. Úgy döntöttem, egy séta jót tenne. Felhúztam hát cipőm és a nadrágom, és kitörtem rideg szobám falai közül. A többit majd holnap, és az álmot, mit láttam, majd leírom.

Folytatás:
1. Pierre szól Pintnek, hogy Maryt valahogy szabadítsa ki
2. Azt mondja, csak akkor teszi meg, ha prostituáltat faraghat belőle
3. Elfogadja, bár nehéz szívvel, de hogy vezekeljen, kolostorba vonul
4. Nem tudja a megoldást
5. Évekig őrlődik
6. Az összes pénzén földet vesz, hogy segítsen a rászorulóknak
7. Mary mindennél jobban hiányzik neki
8. Hogy vegye rá Pintet, hogy szabadon engedje?
9. Örök vívódás: a régi alvilági módszerekkel menne, de nem akar hozzájuk visszatérni
10. Beszél Maryvel, hogy neki kell Pintet meggyőznie
11. Siker. Nem lehetnek boldogok a Földön, de hisznek benne, hogy a Túlvilágon örökké, igen.
12. Siker, mert a Földön is sikerül, de hogy hogy, az az én titkom.
13. Esküvő és boldogság
14. Más világ, másként, máshogy

Mary a rendőrségen

A magány bezár nélküled.
Könnyeim hullanak pata,
Hogy nem láthatom arcodat
Nem hiányzik sem a fény, sem a csillogás,
Csak kedves szavad, megértő szemed, göndörben
dúló barna hajad.
Sóhaj.
Kitekintek zárkám ablakán, s a Hold lesz cinkostársammá,
ki megtöri a csendet.
Mosolygott, ahogy csak ő tudott,
Ücsörgött még egy picit, majd átadta magát az éneknek.

Tegnap hallottam a hangodat,
És szívem sebesebben szaladt.
Tegnap újra megérintettem tekintetedet,
Úgy éreztem, újra élek.

Tegnap újra hallottam a hangodat,
És szívem repült magast.
Újra éreztem, hogy erőm nem hagy el,
Legyen bármily nagy is a nehézség,
mégis, a kar akar és ölel.
Tegnap végre hallottam a hangod,
És mindennél finomabb volt, mert tudtam,
Szerelmünk még mindig ugyanaz,
Nem halványította el a sok megélt kaland.

Kedves didergésében megborzongva figyelt. Már nem volt ne-
héz. Kiadta magából a sóhajokat. Hallgatta leheletének puha
neszezését, s ragyogtatta szemét a hálás Hold. Kívánkozva ül-

tek a tekintetek a falakra, s a bezárt ajtóra. Mindenkit elbűvölt a kedves, szívből feltörő dal. Sóhajok.

Mary kacag. Ahogy csak ő tudott.

Ledőlt vígan az ágyra.

Elbújt a takaró puha melegségében, szemét édes álomra zárta.

Reggel megtudjuk, hogy merre indul a szekér tovább.

A reggeli bonyodalmak, mik eme nemes és törékeny leányra vártak.

Az éjszaka lengett-longott, s amott megakadt a szoba falaiban. Beszűkült hidegségében, nem ígért sem jót, sem rosszat, gyanúsan hallgatott. Szussz, szussz, szussz. Mary a takaró alatt édes álmát aludta, körülfonta halántékát az arany szalag, mit kedvesétől kapott. Őrizték az angyalok és a szentek, azok közül is nem a legkisebbek. Mind ott ültek és tanakodtak.

Avilai Szent Teréz törte meg a csendet:

– Miért hagytuk mindezt? Ezt a ragyogó, szépséges lelkű lányt idáig jutni? Persze, persze, szabad akarat meg ilyesmi, no de akkor is – és jó nagyot csapott a levegőbe. – Tönkremegy szegény teljesen, ha nem segítünk.

Ekkor Néri Szent Fülöp vad oroszlánként ragadta magához a szót:

– Gyermekeim! Hát nem látjátok-e, ahogy írva vagyon, az Úristen igenis próbára tesz bennünket, hogyha kiálljuk a próbát, nem nagyobb jutalmat kapunk-e cserébe? És akkor nem leszünk-e méltóak egy újabb, még nehezebb próbára? Hát elfelejtettétek? Ez a szentté válás útja. Vajon mi mindahányan nem jártuk-e végig ezeket a lépcsőfokokat, és ha fogcsikorgatva is, de kiálltuk. Engedjük meg neki. Erős, erős, erős hitben eme leány. Ki fogja állni a próbát – csettintett nyelvével diadalmasan.

Mind ránéztek, és kérdőre vonták.

– Emlékezzetek, Ábrahám a fiát kellett, hogy feláldozza, és képes lett volna rá, mert az Úristen sosem kér olyat, amit nem vagyunk képesek megtenni. És ami a legfontosabb, hogy ami áldozatot kér tőlünk, ami lemondással jár, azért cserébe mindig ad, mindig többet és nagyobbat. Mikor azt érezzük, hogy elvesztettünk valamit, akkor keletkezik rés a szívünkön, hogy az új beáramoljon, és naggyá nőjön. Ez az én véleményem, kedves testvérek. Bízom ebben a lányban. Erős ő.

Senki sem mert vitába szállni szavaival.

Mind értették.

Mind tudták, hogy igaza van.

És egyként emelték tekintetüket az Égre.

Az megnyílott, és egy angyal szállott alá, név szerint Uriel. Leszállott az Égből. Kezében karddal. Odalépett az ágyhoz.

– Aludj, kicsi szentem – és az alvó lány csöppnyi kezébe egy medált adott, miben egy titokzatos kép volt. Ez volt ráírva: „Ha elgyengülnél, és már nem találod a remény magvait sem sehol, szólíts engem, és rögvest melletted vagyok".

– Tudd, szeretlek, mert szépen élsz, és ha látlak, szívem felragyog.

Felemelkedett hát újra a magasba, a szentek is szép lassan, de már megnyugodva hazafelé indultak.

– Igen, ez jól sikerült – jelentették ki ünnepélyesen, és rázendítettek erre a dalra, élen Szent Kristóf öblös tenorján, mely utat tört az Ég felé. Majd ezen az úton, ahogy jöttek, úgy távoztak. Mert a szentek bizony partiznak, és nem is akárhogyan.

És Mary édesdeden aludt.

Aludjunk hát mi is, és mire felkel a nap, kiderül, hogy mi lesz a folytatás.

Szép álmokat, pajtások.

Ide jár még egy kicsi...

2017. június 28, szerda

Pierre

– Hm, most mitévő legyek? – zengett a riadt sóhajtás Pierre-ből. Ült, és várt. – Már biztos befejezték – mormolta.

– Hm – sóhajtott, elővette, a jó öreg Coltot, játszott vele. Megindultan gondolt fiatalságára.

Azok a régi, szép idők! Felállt, nekirontott az ajtónak, tompíthatatlan dühhel előrelódult, megtorpant. Kiáltani akart, majd leült.

– Hm – sóhajtotta –, nem bírom ki, hogy ne lássam. Pedig megüzenték, hogy szó sem lehet róla.

Leült, idegesen markolászta haját. Gondolkodott.

– Ugyan már! – fakadt ki. – Nem bírom.

Felállt, kezébe vette a fegyvert, nekilódult az ajtónak. Felemelte kezét, kopogtatott.

– Sürgős! – rivallta be Pintnek.

– Várj, pajti, most üzletelünk.

– Hm – sóhajtott.

Leült, várt, fejében keszekusza ötletek szaladgáltak.

Mi a faszt csináltam már megint? Megint a régi nóta – kolompoltak vadul a gondolatok.

Igen – zokogott. – Oda kell mennem máris, most.

– Baszd meg, Pint, hát nem a legjobb barátod vagyok?

Behunyta a szemét, hátradőlt, végigsimította haját. Zsebébe nyúlt, és rágyújtott.

Megnyugtatta magát.

Mary okos és erős lány, nem lesz semmi baja.

– Hm. Igen, tiszta sor. Bemész, csak az igazat. Ne kertelj, ez most nem az a terep. Segíteni fog, az tuti. Csak egy nappal lennénk már előbb! – sóhajtotta. Az ajtó nyikordult, a sárgásan derengő füst kikígyózott. Egy tagbaszakadt, kövérkés ember lépett ki kék trikóban és barna-fekete csíkos nadrágban. Ted volt, az „Európai Tigris". Egyszer majd róla is részletesebben. Mindenesetre annyit, hogy nagy gazfickó volt, de végtelenül szelíd és visszafogott. Kezet ráztak. Nem volt gondolkodási idő. Szusszanás.

Gondolj Maryre, légy határozott.

– Hm. – Újabb sóhaj. Hátrasimította göndör fürtjeit. Betűrte ingjét. Felállt. Szippantott kettőt a tömény szivarfüstből és vidáman előlépett.

Igen, ez az igazi Pierre; az előzőekben megfigyelt emberke ennek a fenoménnak csak árnyéka. Könnyed léptekkel Pint szobája felé indult. A csengő vadul csilingelt.

– Halló, halló! – kiáltotta Pint.

– Gyere már, haver!

Pierre gondolkozott, mélyen messze járt valahol Dél-Amerikában. Merengett. Elgondolkozott. Szépen lassan lépdelt Pint irodája felé. A csengő még vadabbul csilingelt. Egyszer csak egy szőke kisasszony jelent meg az ajtóban.

– Bocsánat, ha nem tévedek, ugye Pierre. Pint úr várja. Nagyon várja. Kérem, ne várakoztassa nagyon, ma nincs jó napja. Kérem, legyen olyan jó.

– Bocsánat, kisasszony, nem akartam felborítani a napirendjét – mentegetőzött.

– Akkor jön, vagy kint marad?

– Hm... Megyek, persze – sóhajtotta.

A kisasszony feje, ahogy felbukkant, úgy el is tűnt az ajtóban, s a csengettyű elhallgatott. Igen, Pierre folytatta végtelennek tűnő útját az ajtóig. Ugye a záporozó kérdések ostromolták: *Mi van, ha nem megy bele? Mi van, ha nem segít? Ha túl későn? Ha nincs elég kapacitása? Ha nem is vagyunk olyan jó barátok? Ha nem tudja elintézni?* ...

És persze ezzel egyidőben támadtak az álomképek is. Holnap már együtt. Nem lesz semmi baj. Pint mindig mindent elintéz. Ha nem ő, akkor majd én. Sikerülni fog...

A kisasszony újra kidugta arcát. Amint meglátta a lamentáló Pierre-t, széles mosoly futotta be az arcát. Megnyugtatóan Pierre vállára helyezte a kezét, majd gyengéd, búgó hangján ezt ünnepelte bele a világba:

– A főnöknek van egy jó híre.

Mintha kikapcsolták volna a fejében szaladgáló gondolatok filmjét.

– Hogy... hogy micsoda? – kapdosott levegőért. – Hogy mondja? Hogy jó hír? Fantasztikus! – Kitárta karjait, először jobbra libbent úgy, hogy a hölgy a kezében maradt, felkapta és repítette, mint a sebes szél.

Kiáltott:

– Valaki siessen, ez nagyszerű pillanat, zenét.

Pint felállt a karosszékből, odafordult a zenelejátszóhoz, rátette a lemezre a tűt, és Edith Piaf mély-szomorú hangja fellobogott. Mint a tűz a réten, úgy futott át Pierre erején a jó hír adta erő. És tánc volt ez a javából. Pam-pa-pa-pam-pa-pa-pam-pa-pa-pam. Tökéletesen kiteljesedve. Igen, Pierre ragyogott, mint mindig, a kisasszony – neve szerint Kathlin – nevetett. Hullámos kacajba omlottak szavai.

– Na de u-u-u-ram… Hát ez nem járja. Maga remek táncos.

Libegett-lobogott a pár. A zeneszám lejárt.

– Khm, khm – tette a megjegyzést a hölgy.

– Ugye legközelebb, ha jön a főnökhöz, felkér majd megint?

Pierre őszintén kacagott.

– Hát persze, kisasszony, csak természetes.

– Khm, khm… – tette a megjegyzést a kisasszony, és a föld felé bökött.

– Ja, bocsánat, el is felejtettem.

Finoman lehelyezte a kisasszonyt.

Hátraszegte fejét, és belevetette magát Pint irodájába.

Holnap folytatás. Kérdés, vajon mi a jó hír. Mennyire jó ez, és kinek? Holnap mindezen kérdésekre megkapjuk a választ. További szép estét és jó kikapcsolódást, Solis úr!

És a nap nyugodni tért, és teltek-múltak a hetek, amelyeket fejben Pierre szenvedett. Pedig csak pár másodperc volt. Az „oly távol" s az „oly nehéz" szívére telepedék.

Jaj, én rongy alak, téged odadobtalak.

Omoljatok le falak!

Csak adjatok szívemnek utat,

Hisz' szétvet a szenvedés.

Alattam út, felettem az magas ég,

Elárulom nektek összes titkaimat,

Csak Mary hadd legyen szabad.

Adjatok utat vágyaimnak.

Belépett hősünk a nehéz szobába. Szívem kitárva, vadul ver, s sebest. A füst-áztatta falak biz' vadul figyeltek. Minden

41

lépés, minden nesz figyelemre érdemes. Lépdelt hősünk büszkén, erőst. Rótta a nehéz utat az asztalig. Pint ki sem látszott a narancssárga dohányfüst mögül. Víztől ázott arca ezer ráncba szökött. Megérződött rajta a nehéz rumgőz. Tökéletes főnök volt, mindig mindenről tudott.

– Szervusz, Pint! – nyögte ki.

– Szervusz, Pierre – és mosolyra húzta a száját. – Tudod, van egy jó hírem, de ezek általában rosszal is párosulnak, mint tudod, ahogy tudniillik, bla bla bla – nevetett. – Kérsz? – és az üveg felé bökött.

Pierre az izgalomban elfelejtett válaszolni: már álmodott, hogy megfoghatja Mary kezét, magához húzhatja, és hosszú, édes, mámorító csókban nyugtathatná az ő szentjét.

– Kell, kell, kell.

– Hogy mit, pajti? – nevetett. Mindent értett, mindent tudott, előtte nem volt titok.

Töltött egy jó másfél decit a nehéz brazil rumból, majd fenékig ürítette – ez még neki is nehéz volt. Pierre az ablakon át figyelte a szemerkélő eső baljóslatú, finom játékát az ablakon.

– Na, jó – mondta Pint. – Muszáj, hogy elmondjam. Tudod, vannak embereim ott kinn Peruban is, meg máshol is. Ez kemény, még nekem is nehéz. Tudod, most az van, hogy úgy mondjam, bepöccent a hatalom – és ujjával mutatta, hogy ez komoly.

– Kivártak, figyeltek... bla-bla-bla. Na, a lényeg, hogy mindent tudnak, és akarják is ezt – csettintett. – Most jön a lényeg. Na, ugye Mary, ha akarod, holnap szabad. Megoldom, nem tétel. De először is, hogy leszögezzem, kértek ezt-azt tőlem. Borult az üzlet. Nem lehet tovább csinálni. Nincs mese.

Itt megérintette nehéz halántékát. Hátradőlt. Mutatta Pierre-nek, hogy töltsön. Az töltött. Nehéz levegőt vett. A pohár felé nyúlt a keze. Megitta. Nyögött kettőt, majd kibökte:

– Pfú! Azzal a feltétellel hozza haza Roger Maryt, ha utána az ő saját kurvája lehet, és futtathatja Európában.

– Hogy mit? – csattant fel Pierre. – Az én szentem prosti legyen? Na, nem azt soha – hepciáskodott.

– Akkor ott rohad meg a börtöncellájában. Nincs más választás.

– Kell, hogy legyen – mardosta a remény foszlányait Pierre – Interpol-körözés van rajta, csoda, ha haza tud jönni. Szerinted meglépném, ha lenne más út? – tárta szét karjait nyomatékosan, és jogosan az asztalra csapott.

– Na, idefigyelj, gondold át holnapig, délre gyere vissza a válasszal. És dönts. Figyelj – megvakarta a fejét –, 400 millió euró a rendőrségnek, sok a kormánynak, a határőrségnek... Mindenki tud mindent, mindenki bosszúra szomjas, nincs kiút. Roger a legjobb emberem, ezt te is tudod. Ő el tudja rejteni, tudod, amíg a baj elül, és tudod, amikor már annyira nem figyelnek. Na érted. Tíz év, tizenöt, elül a baj, és újra együtt lehettek, és újra szabadon. Bocs – bökte ki az. – Ennyire telik csak most, és ez is csoda, Roger egy zseni.

Szívott egy rettenetes nagyot a szivarból, félredobta, majd hátraszegte a fejét, megfogta Pierre-ét. – Utazz el még ma minél messzebb, temesd el a bánatod, kezdj új életet egy más világban, máshol. Elengedünk téged, mert sokat köszönhetünk neked, és én leszek az, aki szólni fog, mikor Maryre már nem figyelnek. Csak tartsd magadban a lelket, pajti. – Felállt, átölelte Pierre vállát. Felemelte az összeroskadt, bánatában senyvedő férfit, majd ezt suttogta a fülébe:

– Azt mondta, hogy szeret, és érted kiállja ezt a próbát is.

Pierre felugrott, kiáltott, mint a vulkán szívéből feltörő láva. Szavaitól megremegtek a falak. A füst még vadabb táncot lejtett.

– Neeeeeeeeeeeeeeeeeeeeeeeeeeeeeeeeeeeeeeeeeeeeeem, azt neeeeeeeeeeeeeeeeeeeeeeem leheeeeeeeeeeeeeeeeeet, hogy megengedjem.

Fújt egy nagyot.

– Kell, hogy legyen más megoldás.

Pint megveregette a vállait, majd az ajtóra mutatott.

– Ezt kint, pajti. Tudod, hogy kedvellek, de ez nem ide való viselkedés. Ha beszélni akarsz velem, nyugodj meg, hívj fel, és este elmegyünk valamerre.

Kifelé botorkált a megtört Pierre.

– Rendben – nézett fel az égre.

– Akkor holnap dél. Ugye vetted az adást?

Pierre értette, hogy nincs más út, de ez akkor is borzalmas. Hogy annak az idióta Rogernek legyen a kurvája.

– Hogy a viharvert halál faszába lehettem ekkora balek? – törölgette szeméből a könnyeket.

– Igen, öreg, jó nagy kutya vagy – mosolygott Pint, mondván: – Ez jó kis tanulópénz neked.

Megeredtek Pierre könnyei, zokogott. Üvöltött, zokogott:

– Segítség! Maryyyyyyyyyyyyyyyyy! Szeretlek szívből. Holnap elmegyek érted.

Pint egy fél pillanat alatt ott termett.

Megragadta hősünk kezét.

– Hűtsd le magad, baszd meg! – rivallt rá. – Ez egy iroda! – Majd lágyan átölelte a zokogó férfigyermek vállát, és minden további szó nélkül elindultak kifelé. Pint támogatta Pierre-t, nyugtatta szóval, nyugtatta mozdulatokkal, és ami a legtöbb, ott volt vele. Mindenki látta, hogy a Főnök Pierre-rel kocsiba száll, majd elhajtanak. Mindenki megrökönyödve figyelte, hogy a Főnöknek vannak még érzelmei, és hogy még milyenek. Megértő, törődő szeretet – nem találták a szavakat. Ahogy haladtak a folyosón, mindenki felállt, mindenki mindent értett, mindenki meghajolt vagy egy nagyot biccentett.

– Igen, szép volt tőle – mondogatták elismerően. A bátrabbak ezt kiáltották: „Éljen a Főnök, éljen a csapat". És Pierre megindultan zokogott; nem látta értelmét az életnek, és a halál után vágyódott.

Hogy ezek után merre mennek hőseink; vajon hogy dönt Pierre; erre vannak-e egyáltalán szavak... Na, ezt át kell gondolni. Holnap természetesen mindenre fény derül. Szép álmokat, pajtások! Édes álmokat!

– Gyere, gyermek – intette le a jó öreg Pint Pierre-t. – Ez a nap csak a tiéd. – Mosolyra kulcsolta vonásait, összeszedte minden erejét, és egy jó nagyot rúgott a bejárati ajtóba. Az összetört darabok hatalmas robajjal landoltak a földön, a falon, illetve az előtérben. Illedelmesen odaszólt Kathlinnek:

– Kisasszony, ma házon kívül vagyok, kérem, senki ne zavarjon.

– Igenis, Főnök úr. Mindent lemondok. Vigyázzon magára... ha... lehet.

Felsegítette a sárga zakóját, majd egy kedves, cinkos puszival útjára bocsátotta.

– Vigyázzon magára! – habogta.

– Pierre úr, ugye tudja, hogy ránk mindenben számíthat? – nyugtatta a megtört férfit.

A sokkolt várakozók mind csak azt kérdezgették egymástól: „Ugye minden rendben van?" „A Főnököt meg mi lelte?" „Láttad már Pierre-t sírni?" Kavarogtak a levegőben a kérdések. Egy igen jelentékeny fickó – Bob, a dörzsölt – kilépett a sorból:

– Uraim, nagyszerű e nemes éjszaka, meginvitálhatom önöket egy hajóútra? A hajóm a lyoni öbölben áll és tisztelettel jelentem, hogy útra kész egészen Korzikáig, ahol egy pompás villában megbeszélhetik az éppen aktuális gondolataikat.

Ekkor Francois de Bodolac így szólt:

– Ne adjuk fel a reményt semmi esetre sem, a Gondviselés – lihegte –, igen, a Gondviselés segíteni fog.

Mind meghajoltak.

Mind tudták, miről van szó.

Mind értették.

Egyként emelkedtek szóra, mindenki beszélni akart, harcot vívtak a szó jogáért, mindenki Pierre-nek egyenesen személyesen akart felkínálni segítséget, embereket, pénzt, bármit, mindent, csak tompuljon fájdalma.

És igen, azt kell mondjam, a Jóisten, ha ebben a percben lenézett, igen boldog lehetett, és az a sanda gyanúm, hogy ezt megtette, mégpedig többször is.

Így, körben álltak, és mind szólni akartak, de elhallgattak, mert Pierre felemelte a kezét.

– Testvéreim, sorstársaim, barátaim! Nagy tragédia ért az imént engem. Még akkor is, ha tudom, hogy én tehetek róla, nagyon fáj, mert nem tudom jóvá tenni. Vezekelnem kell. Igen, ez az egy út áll előttem. Ami szenvedést előidéztem, annyi nehézséget kell nekem is elviselnem a saját életemben. Igen – szögezte le szigorúan. – Megkockáztatom, hogy keresnem kell ezt az utat, a nehézségeket, hogy valamit jóvá tegyek abban, amit már nem lehet. Jóvá kell tennem – nyomatékosította. – Tönkretettem egy fiatal lány életét, és ez kérlelhetetlenül nehezedik rám. Igen, én gyötrődöm, és megkeresem, meg fogom keresni a legnehezebb utat, és oda két jegyet váltok, hogy minél több és több legyen az alázat, a vezeklés és a szolgálat. Testvéreim, szerzetes leszek, valahol fenn az itáliai Alpokban, és életemet annak szentelem, hogy szentképeket fessek, amiket a városi piacra fogok kivinni, hogy mindenki lássa: ez az ember vétkezett, és vezeklésben keres életének értelmet.

Ragyogó szemek.

Kigömbölyödő arcok.

Elmorzsolt könnyek.

Mindenki az egekben.

Olyan piedesztálra emelkedik a közhangulat, hogy a tűz eloltására esély sem kínálkozik. Mindenki egyként Pierre felé fordul, felkapják, és a bent lévő tíz-tizenkét ember egyként viszi hősüket az utcára. Pint, mint egy igazi hadvezér, követi őket. Szivar. Ez kell neki. Rágyújt, majd egy dalra:

Fenn az agg Parisz, az agg király

Várja, hogy örököse hazatalál

Fenn az agg Paris, az agg király

Szomorkodik, óhh, jöjj, halál,

De amott gyülekezik lent, alant a nép

Mindenki sorba áll, hogy seregedbe lép

Messze idegenbe menni fiadért

Mosolyogsz már, te agg, vége a szenvedés.

Vitték tenyerükön hősüket, s Pint, mint kongó harang, érces hangján megrezegtette a hűvös utcákat. Biz' alkalmasint az úton járókelők nagyokat néztek, de nem értették. A maffia együtt az utcán, és hátul a maffiavezér?

– Mi történik itt? – Ez volt a legerősebb kérdés.

Nem értették, de nem is kellett, ez így volt szép.

Haladt a kicsiny csapat, egyenesen a kikötő felé. Csak tizenöt perc volt az út, de mire leértek, mintegy 450 ember verődött össze.

Letették Pierre-t, hősünk kiegyenesedett, teleszívta tüdejét a hideg, nyers levegővel. És szózatot idézett:

– Testvéreim, mind, kik itt vagytok, legyetek tanúi annak, hogy én, mint a maffia jeles tagja ezennel megszűnök, elutazom távoli földre, hogy megkeresem a lehetőséget, hogy hibáimat jóvá tudjam tenni, és ha meglelem a megoldást, visszatérek – vett egy igen mély levegőt.

– Kedves Pint, kérem, bocsásson utamra.

Pint előlépett, megvárta, míg a hősünk a fedélzetre ér, majd nagy ünnepélyesen megoldotta a köteleket.

Lebegtek-lobogtak a kendők, illetve a zsebkendők, a kalapok pedig magasba emelkedtek.

Üdvrivalgás.

Kiváró, üres csend töltötte be az éjszakát.

Ez bizony szép volt. Dicsérjük meg hősünket, nyújtsunk neki erős jobbot.

Hát van ilyen, vannak még csodák. Bármily különös is, vannak, és a föld alól elemi erővel törnek fel.

A magány, mitől sokak annyira félnek, bizony igencsak termékeny, és most ebben kell segítenünk Pierre-t, hogy a magány és a szenvedés karöltve segítse a jó útra.

Függöny le, nyugovó. Holnap kettőzött lelkesedéssel folytatjuk.

Szép álmokat, cimborák!

Pierre vízre száll

És leszállt az éj, és távolodtak a fények. A magány izgága nyugalmába telepedett a sötétség. Hősünk törte a fejét. Kirohant a fedélzetre és szívből kiáltott:

– Maryyyyyyyyyyyyyyyyyyyyyyy!

Elnyelte a tenger a hangját.

– Maryyyyyyyyyyyyyyyyyyyyyy!

És felriadtak a csillagok.

– Mit tegyek – merült el bánatában. – Szaladnék hozzád, és bocsánatot kérnék, és elrendezném, hogy újra jó legyen.

Bizakodott.

Bevonult a kicsiny fülkébe.

– Jaj, Istenem – remegett a hangja.

Földre borult, verte a földet, szitkozódott. Patakzottak könnyei.

Az erős ember a földön.

A hátára feküdt, elővette a zsebében heverő levelet.

Nem merte eddig elolvasni.

Mary írta, de annyira félt, hogy nagy a baj, hogy nem merte elolvasni.

Drága szívem!
Szerelmem!
Ne aggódj, igaz, a rendőrök találtak valamit a táskámban,
és most egy cellában ülök.
De ne aggódj.
Nagyon rendesek. Ma kértem őket, hogy hadd hallgassak
zenét, és hoztak is egy rádiót, és most nagyon boldog vagyok. Tudom, hogy ez csak egy próbatétel, és nem is tart
örökké. Te mindig kitalálsz valamit, egészen biztosan most
is. Képzeld, egész éjszaka a csillagoknak énekelek, és azt
hiszem, meghallgatnak. Úgy látom, hogy meghallgatnak.

Képzeld, ma veled álmodtam. Nem haragszom senkire. Remélem, mihamarabb látlak. Várok rád.

Mary

Teleszívta tüdejét a sós tengeri léggel és nem tétovázott: odarohant a szekrényhez, felrántotta az ajtaját, és térképet keresett. Vadul dobálta szét a holmikat.

– Látnom kell Maryt! – sírta hevesen.

És kezébe akadt a világ tengerészeti térképe.

Igen, nincs más megoldás, odamegyek, és ha törik, ha szakad, kiszabadítom Maryt.

Tiszta fejjel döntött, már amennyire ebben a helyzetben tiszta lehet az ember feje. A hajó vadul rohant, fedélzetén hősünkkel, aki lángban égett. Nem volt hatalma az elkeseredésének. Halkan úsztak el a kilométerek, és egyre jobban tudta, hogy van megoldás. *Beszélnem kell Maryvel. El kell mondanom neki, hogy mi fog történni* – és megint összeroskadt. Már nem sírt; tisztán látott. Nem akarta tudni, hogy hová szaladnak a fonalak. Nem akarta, nem, nem akart semmit sem. Csak a megoldáson rágódott.

– Most odamegyek. Tiszta sor, beszélünk, persze, mert beszélni kell, és ez jó lesz, nem menekülhetek el, de el kell hagynom mindent, ami a múlt, és olyan nehéz életet kell választanom, ami meghozza a kívánt eredményt. Vezekelnem kell kegyetlenül, minden határon túlmenően. Biztos vagyok benne, hogy van megoldás.

És az erős ember tehetetlen volt, és roskatag.

Szakadtak a gondolatfonalak, és kígyóztak a vágyak. És a vágyak vágyseregben egyesülve a szívet támadták, és kegyetlenül dörömböltek, üvöltöttek, tépáztak és marcangoltak. És senki sem volt ott, akihez Pierre legalább egy szót is szólhatott volna. De így volt jó. A tenger valahogy megpróbálta elnyelni a mélységes fájdalmat, és nyugalmával álmot akart adni hősünknek. Álmot: hűst, tisztát, mint maga volt a tenger. A csata zajlott. Hősünk hol fellelkesült, és tisztán, szívből erősen érezte az erőt a kezében, hogy meg tudja oldani a nehéznek ígérkező helyzetet, hol magába roskadt, és tehetetlen dühhel önmagát szaggatta szanaszét. Hosszú volt az este. Cikáztak a gondolatok, de megnyugvást nem talált. Levetette ingjét, és tetovált középbarna mellkasát a szélnek feszítette. Érezte az erőt, ami a mélyből feltört. Leült és kitette az asztalra a fegyvert, zenét kapcsolt. Mély, szívszorító dalokat hallgatott.

A magány idegesen csapkodta az asztalt, és az üresség verte az ablakokat. Szörnyű vihar készülődött mind hősünk szívében, mind a tengeren. A tenger döntött, és nem Pierre: „Elviszlek valamerre, hogy békét lelj". A hajó rázkódott, és vadul hánykolódott.

Pierre megnyugodott.

Igen, a sorsra bízom magam. Ahol kitesz a víz a partra, ott kezdem el az új életem. A fegyvert a vízbe vetette, utána a telefon következett, majd Pierre. Beleugrott a háborgó vízbe. *Nyelj el, sötét mély, ha akarsz, vagy nyelj el örökre, mert ez már nekem nem élet. Hogy hagyhatnám szerelmem ilyen sorsra jutni, de tenni ellene nem tudok.* És a tenger befogadta, messze a száraztól, a vad vízen. De most már nem gondolt semmire. *Ha a sors életben tart, élek, ha nem, akkor ennyi volt.* És a hajó távolodott, és Pierre úszott. Nem volt nehéz döntés. Vitte az ár, és az éj lehunyta mind a két szemét. Nem akarta látni ezt a szerelmes embert pusztulni. És a vihar még vadabbul tombolt, és hősünk eltűnt a színen, a tenger, mire bízta magát, felkapta, elnyelte és magáévá tette. Messzire vitte el, egészen San Remóig, itt a partoktól nem messze egy kedves halászember figyelt fel a víz színén lebegő, alélt emberre. Leereszkedett érte, és a fedélzetre segítette.

– Ver a szíve, és levegőt is vesz, csak pokolian kimerült – mondta magában, és mély levegőt vett.

– Jaj, te szegény ember, vajon merről vetődtél erre?

Házába vitte, lefektette, és várta, hogy magához térjen.

Ott ült egész családjával, a kezét szorította az öreg halász. Meleg borogatást tettek mellkasára, és vártak. Néha megmozdult a beteg, és magában mormolászott. Egy nevet ismételgetett. Valami Ma-Ma-Maria. Igen, így vélekedtek. Tehát szerelmes. Lehet, hogy a vízbe akart fulladni? Gondolkodtak és vártak. Idáig érkeztünk el, kedves barátok, majd innen folytatjuk tovább.

A halászember egy kicsiny, egyszintes házban lakott, egy nagyszobával, ami a konyhát és a mosdót is magába foglalta. Tizenhárom napig ki sem mozdultak a házból: az ágy lábánál ültek és imádkoztak.

Meghallotta ezt Bruno barát, a szerzetesi közösség vezetője. Biciklire pattant, és vadul viharzott át a városon, porzott mögötte az út. Reverendáját messziről magasba emelkedő kalapok köszöntötték. Sietett.

– Nem tudtatok szólni? Na, nem baj.

Kopogtatott. Az öreg halász – neve szerint Pietro – kisietett.

– Jó napot, Bruno atya!

– Szervusz, Pietro! Csak most jutott a fülembe, hogy betegetek van. Óh, jaj, szegényke. Vajon merről hozta ide a tenger? – morfondírozott az atya.

Széles karimájú kalapját felakasztotta a fogasra, és az ágyhoz lépett. Mélyet szimatolt a levegőben, és a kellemes leanderillatban úszó konyhában széket kért.

Leült a beteg ágyához. Homlokára tette a kezét, és diagnosztizált. Lehunyta mind a két szemét, és a Szűzanyát kérte, hogy igazítsa útba kezét.

– Nincs seb – jelentette nyomatékosan –, csak a szíven. Nem haragszik meg, ugye?

Bruno atya lehajolt, és vállára vette a beteg embert.

– A szíve beteg, amúgy semmi baj – mondta nehéz küszködéssel.

Vitte a hátán a beteg embert.

– Pietro, kérlek, tégy egy szívességet!

– Igen, atyám.

– Segíts tolni a biciklimet, mert egyedül nem bírom.

Az alacsony, tömzsi halász tolta Bruno atya biciklijét, az atya pedig a vállán vitte fel a hegyre a beteg embert. A kolostor irányába indultak. Csak lassacskán haladtak. Közben beszélgettek.

– Tudod – nevetett Bruno –, nem is kerülhetett volna jobb helyre. Úgy éreztem, sok rosszaság nyomja a lelkét.

Az öreg Pietro meghajolt a nagytiszteletű szent ember előtt, és azt mondta:

– Igaza lehet, atyám – és lassan poroszkáltak.

– Viszont nagy erőt, lelkierőt érzek a szívében – jelentette ki, majd az ég felé bökött. – Onnan küldték őt ide, hogy nekünk segítsen.

Pietro elgondolkozott. Ő úgy érezte, hogy csak szerelmi bánatról van szó, és egy majdnem vízbefúlt emberről, de nem terhelte gondolataival az Atyát.

– Hogy érted ezt? – kérdezte Pietro.

– Hm... – mosolygott Bruno. – Tudod, érzem a szívekben lakozó lelkek erejét, és ez a szegény ember óriási erőket kapott, csak rosszra használta, de majd most nekünk segít, és tudod, azt érzem, hogy sokkal többet tud tenni a világért, mint én. Hm... – morfondírozott –, ezt én belátom, és nagyon boldog vagyok.

Lassan rótták az utat.

Pietro félénken megjegyezte:

– Atyám, nem vihetném én egy kicsit ezt az embert? Neked is lehet pihenni néha.

– Ajjaj – hahotázott az atya. – Könnyű teher ez nekem – és könnyed léptekkel haladt előre a hegyen felfelé.

A városban persze gyorsan híre ment ennek, és az emberek rohantak egymáson áttörtetve, hogy figyelhessék, ahogy a Szent Ember egy férfit cipel fel a hegyre Luciához, akit az érzékenyebb lelkűek boszorkánynak hívtak, pedig csak értett a gyógyfüvekhez és a lelkekhez.

Haladt a kis csapat. Bruno mesélni kezdett:

– Gyermekeim, ez az ember, aki most a vállamon nyugszik, városunkat naggyá teszi, és az egész világon körbe fog járni a hír, hogy ez milyen nagyszerű, de most segítségre szorul. Finom teát kell neki készíteni, és Lucia ezt is megoldja. Kérem a kalapomat, Pietro.

Pietro finoman a Szent Ember fejére helyezte, és gondosan megigazgatta.

Az emberek érdeklődve hallgatták és annyira elcsodálkoztak ezeken a szavakon, hogy a taligákat és kisebb kocsikat, amiket segítő szándékkal hoztak, elfelejtették tolni, és az út szélén hagyták.

Lassan felértek a hegyre. Lucia messziről figyelte a csapatot. Óriási megrökönyödésére Bruno egy embert hozott a vállán, és egy kis csapat követte.

Eléjük kiáltott hát:

– Gyermekeim, mi ez a díszes köszöntés, hát ennyire megszerettetek? – és olyan vidám, nyers fiatalsággal nevetett, hogy mind meglepődtek. Túl volt már a kilencvenen is, arcát sötétbarna, erős ráncok fonták be. Ezer színbe öltözött mindenkor, és hosszú kendői messziről elárulták, hogy mit lát. Most egy narancssárga kendőt lobogtatott nyakában a szél. Gondolkoztak is hát erősen, hogy ez vajon mit jelenthet.

Felértek hát. A díszes csapat leült szépen a fűben, Pietro letámasztotta a biciklit, majd segített Brúnónak a beteg embert a földre helyezni.

– Ej, balgák – rivallt rájuk Lucia –, hol tanultátok ezt? Tessék kihozni egy asztalt, és fektessétek arra.

Erősét szívott pipájából, s a rózsaszín füstön át képeket látott.

– Jaj! – pattant ki a nyelvére az ijedtség. – Szerelmes ez az ember, és a vízbe akart veszni. Francia. És bűnöző.

Mindnyájuknak leesett az álla.

– Hm... hm... hm... – kért szót Bruno.

– Én úgy vélem, hogy Lucia asszonynak igaza lehet. Igen, egészen biztos vagyok benne. Hozzánk vezette a Jóisten, hogy vezekeljen, és új életet kezdjen.

A kis csapat igen komolyan gondolkozott, ledöbbentek, majd mosolyogtak, végül teljesen elmerültek a hallottak hatása alatt.

– Jaj, a régi nóta – kacagott Lucia –, igen, ő egy rossz ember, de kinek, nektek? Mert én látom a szívének rejtett zugait, és óriás erő lakozik benne.

Bruno közelebb lépett az asszonyhoz.

– Én is ezt érzem.

Kezet ráztak.

– Hogyan gyógyíthatjátok meg? – kérdezgették az emberek. Volt, aki annyira ledöbbent azon, hogy Lucia és Bruno így megérti egymást, hogy lehunyták szemüket és azt hitték, ez már az álom.

Lucia asszony azt mondta, hogy nincsen semmi komolyabb baja, már készített is neki egy kellemes teát, amit ha megiszik, fel fog ébredni ebből a sötét álomból, amit a halálvágy rakott szemére.

Befordult hát a házba, és egy nagy, gőzölgő bögrével tért vissza.

– Ültessétek fel! – vezényelt.

Azok szorgalmasan engedelmeskedtek.

A beteg emberbe tukmálták a nehéz gyógyteát, és mind lelkesen várták a folytatást.

Bruno atya arra kérte őket, hogy imádkozzanak a boldogságos Szűzanyához közösen. Az emberek feltérdepeltek és az asztal köré gyűltek, hogy egymás kezét fogva imádkozhassanak a franciáért. Bruno atya lelkesedett a legnagyobb lángon, és kezével vezényelt.

– Magasságos Szűzanya, mentsd meg ezt a szegény embert, ki sokat szenvedett. Adj neki egy új reményt és új hitet. Mi adunk neki új lehetőséget.

Az emberek remegő ajkakkal ismételgették.

Lucia asszony nevetett.

– Ej, ej, gyerekek.

Mélyet szippantott pipájából, és a rózsaszín füstön át mindent látott. Látta a lányt a börtönben, és látta mind az ember életét, de nem árulta el senkinek.

És miközben nagyban imádkozott a kis társaság, az ember mocorogni kezdett, majd kiköpött vagy hat liter vizet, levegőért kapdosott, és ezt ismételgette:

– Mary, szerelmem... az én Marym... merre vagy?

Pietro most már értette, hogy nem Maria, hanem Mary, de továbbra sem értette a dolgokat.

Az emberek mind lenyűgözve ünnepelték ezt a csodás alkalmat. Ilyet még álmukban sem gondoltak, hogy a Szent Ember a boszorkányhoz megy segítségért, és együtt akarnak megmenteni egy franciát, aki szerelme. Mind nagyon boldogok voltak, csendesen üldögéltek a fűben, és várakoztak az újabb és újabb csodákra.

Mind helyeseltek, nagyokat bólintottak, teleszívták tüdejüket a csodákkal megtelt levegővel, és hálásak voltak, hogy élnek és látnak.

Bruno atya törte meg a csendet:

– Gyermekeim, láthatjátok, hogy ha összefogunk, sokra vagyunk képesek, és minden cél elérhetővé válik. Köszönöm, Lucia.

Lucia nagyot szippantott a pipájából, és a rózsaszín füstön keresztül olyan fiatalos, magas ékszerhangon nevetett, hogy mind elámultak. Összevonta ezer ránc által átszőtt vonásait, az atya vállára tette a kezét, és ezt mondta:

– Látom, lassan megjön az eszed, fiam. Hehehehe – nevetett. A füstpamacsok messze lebegtek, és az édes, kesernyés füst mindenkinek a szívéig hatolt, és nem értették, de nagyszerűnek látták a helyzetet és a világot. És helyeslően bólogattak és érezték, hogy ez így nagyon jó. Csodás percek voltak ezek.

A francia prüszkölt, nagyokat köhintett, de szemmel láthatóan magánál volt. Látta a körben üldögélő embereket, a nagydarab barátot és az öreg boszorkányt, és csak az járt az eszében, hogy még él-e, vagy ez a mennyország, vagy esetleg a pokol, vagy most dől el, és annyira izgatta a kérdés, hogy a legbarátságosabb ember megkeresése után ezt a kérdést szegezte Brúnónak:

– Barát testvérem, ez már a Túlvilág? – és reménykedve pillantott az atyára.

– Nem, fiam, ez a Föld, és annak is az olasz része, egészen pontosan San Remo község, és itt vetett partra a víz.

Pierre tudta, hogy csoda történt, és ez a jel, hogy hol kell élnie. És roppant hálás volt, és nézte az embereket, és mindent értett.

– Köszönöm – ennyit tudott mondani, majd mélységes mély álomba zuhant. Az emberek érezték a jelet: talpra szökkentek, bevitték az asztalt az emberrel együtt, majd lassan a városba aláereszkedtek. Bruno atya a házban maradt. és Luciával beszélgetett, de erről már tényleg csak holnap.

Ég áldja önöket, olvasóim!

Szép álmokat!

Mary a vallatáson

Három kis madár ébresztette fel Maryt a cellában, akik azon vitatkoztak éppen, hogy melyiküknek van szebb hangja, mert annak áll jogában az ébresztés. Egy kövérkés, pettyes hasú pinty ugrott elő, de a társak segítettek felkonferálni.

Pintilli-pintilli – zengték.

Ekkor jött a pettyes hasú pinty:

– Ó-ha-hó, ágyikóban lenni jó, de drága Maryke, ideje lesz felébrednie. Ó-ha-hó, ágyikóban lenni jó. De várjuk már, hogy énekelj velünk egy szép nótát.

Mary igen komolyan gondolkozott:

Óh, egy nyaklánc! Milyen szép! Álmodtam, igaz, mégis itt van a nyakamban. Jaj, de kedves madarak! Ha jól hallom, azt szeretnék, hogy énekeljek. Jaj, de kedves madárkák! – és kecses, finoman faragott testébe jó nagy erőt szívott. És ezek után felpattant az ágyból, az ablakhoz lépett, és figyelte a gyönyörű reggelt, majd nótába kezdett.

Kisimít a szél,

Hol a távol a végtelenbe kígyózva elveszik, de újra remél.

Visszatérsz.

Szívembe zárlak és hordozlak egész nap, drága napfény.

Itt a madárkák bekapcsolódtak, elővette a pintymadár a bőgőt, a két sárga mandikó pedig a hegedűket, és egy ragyogó zenekarban együtt üdvözölték a napot. És itt jegyzem meg, hogy ez mindnyájunknak jót tesz, segít és hasznos.

Kisimít a szé,

Hol a távol a végtelenbe kígyózik, de újra remél.

Visszatérsz.

Szívemben hordozlak egész nap, drága napfény.

Kopp-kopp – két erős, de nem bántó koppintás hallatszott.

– Kisasszony – jelent meg az ajtóban egy fiatal, középmagas, barnás bőrű fiatalember, akinek kék egyenruhája és kalapja elárulta, hogy ő bizony fegyőr, és most biztos valami fontos dolgot akar mondani.

– Igenis – tisztelgett feszes vigyázzban Mary. – Jelentkezem a napi szolgálatra – s hogy nyomatékosítsa, elkezdte fésülni a haját.

– Bocsánat, kisasszony, a zavarásért, csak a reggelijét hoztam, és bátorkodom megjegyezni, hogy a délutáni órákban Topal úr látni óhajtja.

Mary igen erősen gondolkozott. *Topal... Topal... Topal??? Ki is lehet az? Ja, tudom, az az apró, szigorú ember a hatalmas szemüvegek mögött.*

– No, hadd lám, mit hozott reggelire! – Finoman leült az ágy szélére, és kíváncsian figyelte a fegyőr kezét.

– Bo-bo-bocsánat, de tetszik tudni...

– Hogy? – döbbent le Mary. – Hisz' csak egy fegyenc vagyok, vagyis úgy néz ki.

– Igen – mondta nehéz szájízzel a fegyőr –, de nem tart soká, biztosíthatom.

– Nagyon helyes – kacagott Mary. – Szeretem a szabadságot, nagyon szép ez az ország, főleg a hegyek, hű, az varázslatos. El tetszik engem oda vinni, kedves fegyőr úr? Nagyon kérem, hallotta a madarakat? Zenéltek, és igen szépen – felénk nem szoktak. No, de hagyom beszélni, valamit elkezdett.

– No, igen – vett egy mély levegőt, majd elfehéredett, azután elöntötte a pír, majd így szólt: – Mary kisasszony, mélységes tiszteletem jeleként...

– Nocsak-nocsak. – Itt Mary hátradőlt, és élesen figyelt. – Nagyon érdekes.

– Hú – mondta a fegyőr, aki éppen vörösödőben volt –, szóval maga lenyűgöző, gyönyörű szép, de ez a varázslatos hang, na igen...

Teljesen elérzékenyülve így folytatta:

– Arra indított minket... – és ebben a pillanatban még két fegyőr jelent meg talpig kékben a félig nyitott ajtóban: egy alacsony, igen tömzsi, aki a kalapját lóbálgatva jelezte tiszteletét, és egy nyurga, vékony, aki aprókat szökellve nyugtalankodott félénken a háttérben.

– Szimpatikus csapat – nyilatkozta Mary. – De nem értem, én a maguk rabja vagyok, mégis mivel szándékoznak meglepni?

– Hát tulajdonképpen igenis, ha el tetszik fogadni – bátortalankodott a fegyőr, aki elsőként belépett, vagyis megállt az ajtóban.

– Szeretnék átnyújtani egy csokor rózsát és egy csokoládétortát.

– Tu-tu-tudja, nagyon sajnálom, hogy így találkoztunk, és valahogy próbáljuk helyrerakni a dolgokat, és hát ennyit, ha tudunk, segítünk.

– Nagyszerű – örvendezett Mary, és kedvesen tapsolt nekik.

– Remek csapat. Magukat megtartom. Bocsánat, fiatalemberek, de egyikőjük sem mutatkozott be.

Ekkor előrehajolt a nyurga:

– Salvatore vagyok.

– Üdvözlöm, Salvatore, foglaljon helyet – és az asztal melletti két szék egyikével megkínálta a fiatal urat.

– Mélységes tisztelője, kisasszony – lépdelt előre sapkáját gyűrögetve. – Köszönöm – és ezzel a lendülettel birtokba vette a széket. Lábával kicsiket koppintott a padlóra. – Mesés ez a nap – nyilatkozta, és figyelte a fejleményeket.

– Pablo vagyok – mondta kis kivárás után a kövérkés fiatalember. Kezét nyújtogatta a távolból, majd erőt vett magán, egyet lépett előre, levette sapkáját, majd illedelmesen meghajolt, és kezét kinyújtva jelezte a szándékát, hogy Mary kezét megfoghassa.

– Üdvözlöm, Pablo – kacagott lelkesen Mary. Odatartotta a kezét kézcsókra, amit Pablo gyönyörűségesen meg is tett. Miután elcuppant a kézcsók, Mary arcára piros foltok ültek ki, jeleként annak, hogy ez igazán meglepte.

– Maga egy úriember, Pablo. Jegyezze fel, kérem, hogy csókoltatom a mamáját, aki ilyen jól nevelte.

Pablo erre feszes vigyázzt csapott, és ekként szónokolt:

– Parancsára, kisasszony, értesítem édesanyámat, hogy jó munkát végzett velem kapcsolatban – és a feje búbjáig eltelve büszkeséggel várta a megtiszteltetést, hogy Salvatore mellett helyet foglalhasson.

Mary gyönyörűségesen nevetett, ezt visszhangozta a fegyház.

– Rendben van, Pablo, ön is helyet foglalhat – és a szék irányába mutatott karjával.

– Köszönöm, köszönöm – repesett a kicsit kövérkés fegyőr. – Igazi megtiszteltetés, igazi megtiszteltetés.

Nagyot lépett előre baljával, és odasurrant az asztalhoz egy nagyszerű duplafordulattal, de közben egy pillanatra sem vette le szemét Maryről, így kicsit szédülten a helyére esett.

– Gyerünk, fiúk! – sürgette a bemutatkozást Mary.

A köszöntő, azaz a reggeli ébresztő fiatalember maradt a végére.

– Kmmm, kmmm – köszörülte meg erélyesen a torkát, ebből lehetett sejteni, hogy neki valamilyen rangja van.

– Kmmm, kmmm – köszörülte meg ismét a torkát, és ebből észre lehetett venni, hogy zavarban van.

– Javier-nak hívnak, és ezennel szeretném átnyújtani önnek, kisasszony, ezt a kicsiny ajándékot – és egy vörös rózsákból álló, kilenctagú csokrot nyújtott át.

– Maguk igazán rendes fiúk. Kedves Javier, kérem, ha nem haragszik, de már csak az ágyon van hely, ha gondolja, foglaljon helyet, mert ugye ülve csak jobb tortát falatozni.

Javier teljesen elvékonyodott, de ugyanakkor fel is tüzelte a büszkeség. Rögvest pattant, és az ágy végében kimérten helyet foglalt.

Végig feszes volt, és próbálta szigorúságát megőrizni.

– Kérem, kedves Javier, méltóztassék lazábbnak lenni, ha az én ágyamon szeretné elfogyasztani a tortáját. Nem szeretem a feszengő embereket.

Lágyan megérintette a fegyőr vállát és a fülébe suttogta:

– Nagyon köszönöm ezt a szép meglepetést, máskor is várom magukat nagy szeretettel.

Ebben a pillanatban egy kis kocsi zörgött be a szobába, fedélzetén egy jóképű csokoládétorta ringatózott, egy gyertyával a tetején. Anna asszony állt a kocsi végében. Szépen lassan begördült a kocsi rakományostul, majd Anna asszony megjegyezte:

– Na de fiatalurak, méltóztassanak már felállni és énekelni, ha már egyszer megsüttették velem ezt a tortát.

A három megszeppent, bár most már kicsit nyugodtabb fiatalember egyszerre ugrott fel. Mindhárman behunyták a szemüket. Igaz, Pablo csak egy pillanatra, utána tovább gyönyörködött Maryben.

Összejött a három sorstárs.

Hogy megtörje a zárka nyomasztó pangását, és becsempésszünk Mary kisasszony egy kicsi, általunk adott, neki sütött sütit. Mary oda volt meg vissza, ragyogott. Tapsolt, felállt, illedelmesen megköszönte egy finom térdhajtással az egész ünnepséget. De aki a legboldogabb volt, az Anna asszony, aki ekkorra már tányérokra helyezte a tortaszeleteket, és nagy örömmel nézte a fiatalokat, akik sorban odavonultak. Legelsőnek Mary kisasszony, aztán rangja szerint Javier, majd Pablo, aki továbbra sem vette le a szemét Maryről, így egy kicsit megbotlott, és csak Anna asszony ügyességén múlt, hogy nem lapította ki a maradék tortát.

– Ugyan, fiam – mondta zsörtölődve –, vigyázhatnál jobban is.

Pablo a fejét csóválta, de boldog volt, és támolyogva tartott a szék felé Hát igen, kicsit megrészegült.

Salvatore maradt utolsónak, a magas, a nyurga, aki nagyokat toppantott menet közben, s igazán élvezte a helyzetet.

Anna asszony ránézett, majd így szólt:

– Fiam, neked rakok még egy szeletet. Ha nem vigyázol, átfúj rajtad a szél.

Mary megfogta Salvatore kezét.

– Maga nagyon rendes fiatalember. Ha nem haragszik... táncolna velem?

Salvatore az érintésre megrázkódott.

– Biztos a mennyekben vagyok – majd gyorsan három keresztet vetett, és megcsókolta ökölbe zárt kezét.

– Igenis, természetesen, Salvatore tizedes szolgálatra jelentkezik.

Leoldotta fegyverét, majd az asztalra helyezte.

– Ha nem sértődik meg a kisasszony, hoznék egy kis zenét.

A három madárka ekkor megsértődve hátat fordított nekik, és úgy kezdtek egy igen kedves, dallamos nótába, mely Julieta Venegas El Presentéje volt.

https://www.youtube.com/watch?v=fFzKkplLwQ

A dal így hangzott:

> *Elromlott, de nem gond.*
> *Kiborult a tintásüveg.*
> *Baj?*
> *Ajajajaj.*
>
> *Nem is vagy te a Casanova.*
> *Baj?*
> *Ajajajajaj.*
>
> *Felülök a vonatra, utazom délre, míg lehet.*
> *Baj?*
> *Ajaajajajaj.*
>
> *Eltörött a kapa nyele.*
> *Baj?*
> *Ajajajaj.*
>
> *Megszökött az uram, végre.*
> *Baj?*
> *Ajajajajaj.*
>
> *Befonom a hajamat, úgy meggyászolom a bálban.*
> *Baj?*
> *Ajajajajaj.*
>
> *Táncolnék kicsit veled (félénken).*
> *Baj?*
> *Ajajajajaj.*
>
> *Így hát megesett, hogy kedves terhem lett.*
> *Baj?*
> *Ajajajaj.*

Összetoldtam a kapanyelet.
Baj?
Ajajajajaj.

Megjött végül az uram esze.
Baj?
Ajajajaj.

Együtt megyünk újra a bálba.
Baj?
Ajajajajaj.

És egyre nagyobb a mi házunk,
Egyre csak babázunk.
Volt itt baj?
Ajajajaj.

– Tehát, kisasszony, állok rendelkezésére. A madaraktól pedig szíves elnézést kérek, de nem láttam náluk a hangszereket. Bocsánat.

Pinty úr széles pettyes mellkasán felborzolva a tollakat, kicsit sem sértődötten belecsapott a húrokba, és vidáman énekelte ezt a könnyed dalt.

Salvatore a nyurga, kicsit félénként odanyújtotta karját a kisasszonynak, majd apró köröket leírva elindultak a cellaasztal körül szépen, vidáman. Mary végig kacagott, és nagyon tetszettek neki a nyurga fiatalember toppantásai, amivel a ritmusra figyelmeztette magát. Anna asszony énekelt gyönyörű erős hangján, Pablo, aki továbbra sem vette le a szemét Maryről, vígan falatozott Javier-val egyetemben. A dal pattogott és csengett, és öröm áradt szét a szobában.

Majd egyszer a dalnak vége lett. Salvatore lobogott, erőst, hevesen égett. Remegve eresztette el Mary kezét

– Tudja, kisasszony, nekem ez óriási ajándék volt. Ha nem lenne gond, kmmm kmmm, itt leszek. Bármikor csak tessék csettinteni, és már itt is vagyok.

– Köszönöm szépen, fiatalember, de egye meg előbb a tortáját, mert ahogy elnézem, Anna asszony már igen haragos, hogy maga meg sem kóstolta.

– Igaza van, kisasszony – és apró toppantásokkal kísérve a helyére sietett, finoman helyet foglalt, egyik hosszú lábát a másikon átvetette, és vadul álmodozott, hogy még sokszor táncolhat Maryvel.

N, de hagyjunk holnapra is. Szép napot, jó pihenést!

Topal úr előtt

A torta elfogyott szépen lassan, és az urak lassan távoztak, a lakoma befejeződött, Mary pedig magára maradt a cellájában. De nem sokáig. Kisvártatva ismét kopogtattak. Az előbb megismert fiatalember állt az ajtóban.

Javier ekképp nyilatkozott:

– Kisasszony, kihallgatásra várja Topal rendőrfelügyelő, a limai különleges nyomozati egység helyettes megbízottja.

– Nocsak-nocsak – morfondírozott Mary –, vajon milyen ügyben kereshet engem?

– Most velem kell fáradnia – mondta a fiatalember határozottan.

– Rendben, rendben. – Gyorsan felkelt az ágyból, és az ajtó felé indult.

Szoros csendben mentek a folyosón, egyikük sem szólt. Végül Mary törte meg a csendet.

– Ha szabadna megjegyeznem, nagyon köszönöm a süteményt és a zenét is, remélem, ez a kihallgatás nem tart soká, várom magukat legközelebb is.

– Természetesen – mondta Javier feszesen. – Tudja, Topal rendőrfelügyelő, a limai különleges nyomozati egység drogügyekkel foglalkozó helyettes megbízottja nem szereti, ha megvárakoztatják.

Gyorsan végiglépdeltek a folyosón, majd jobbra fordultak. Itt egy nagy, központi helyiség volt, ahonnan csak egy ajtó nyílt.

Mary erőt vett magán, s három aprót koppintott az ajtón.

Belülről türelmetlen motoszkálás hallatszódott ki. Az ajtó hamarosan kinyílt. Mary ekkor megpillantotta a repülőtéren látott apró, ötvenes éveiben járó, kopaszkás úriembert, akinek apró fejét egy hatalmas szemüveg koronázta.

Az izgága apró ember felpillantott. Gondolkozott, majd hirtelen így kezdte:

– Jó napot, kisasszony. Topal rendőrfelügyelő, a limai különleges nyomozati egység drogügyekkel foglalkozó helyettes megbízottja vagyok.

Mary kezet akart nyújtani és bemutatkozni, de a felügyelő kezével elhárította, és így szólt:
– Mindent tudunk magáról. Érti? Mindent tudunk magáról – és fenyegetően egy nagy halom papiros felé bökött.

Mary nyugtázta az információkat. *Itt bizony csak hallgatni lehet, nem szimpatikus nekem ez az ember.*
– Na, akkor kezdjük is! Maga 1976. június 16-án a limai repülőtéren kábítószert – pontosítok, nagy mennyiségű kábítószert – akart felcsempészni a repülőgépre.

A következő félórában ezek az információk viharzottak a levegőben:
– Országunk törvénye értelmében...
– Amit megszegett...
– Igazán komoly hibát követett...
– Velünk nem lehet packázni...
– Érti...
– Súlyos börtönévek várnak magára...
– Nincs kímélet...
– Én vagyok Topal rendőrfelügyelő, a limai különleges nyomozati egység drogügyekkel foglalkozó helyettes megbízottja. Minden cinkostársát is el fogjuk kapni. Ez nem játszótér, kérem. Figyel rám?
– Na jó, szóval mióta csinálja ezt a tevékenységet?
– Ne akarjon átverni...
– Komoly büntetés vár magára...
– Valljon be mindent, úgy könnyebb...
– Igen, kérem, ön megszegte országunk törvényét...
– Nincs kegyelem...
– Tudja, mi profik vagyunk...

Mindeközben a rengeteg sok mondanivaló közben a kis ember vadul hadonászott. Leginkább egy nagy papírkupacra, amiben a vádirat állt. Hadonászott, kiabált. Többször kiborult, az ablakhoz futott. Megigazította nyakkendőjét, és óriási szemüvege táncolt az orrán. Maryt leginkább ez kötötte le. Úgy tűnt egy idő után, a kis ember elfáradt, és már csak az asztalnál toporzékolt.

– Hogy ez felháborító...

– Velem nem lehet packázni...

– Topal rendőrfelügyelő, a limai különleges nyomozati egység drogügyekkel foglalkozó helyettes megbízottja vagyok...

Szóval áradt belőle a szó.

Egy ponton Mary felállt, tett egy lépést előre, és egy könynyed csókot dobott Topal rendőrfelügyelő, a limai különleges nyomozati egység drogügyekkel foglalkozó helyettes megbízottjának a homlokára. Itt a kis ember abbahagyta a kiabálást. Elcsendesült és leült.

– Bocsánat – mondta Mary –, megszólalhatok?

– Persze, természetesen.

– No, hát én csak kirándulni jöttem ebbe az országba, nem fogyasztok kábítószert, és nem is szállítok, biztos összekevernek valakivel.

– No persze... Tessék, hogy micsodaaaaaa? Hogy maga nem tud róla, meg ilyenek... minek néz maga engem, kezdőnek? Tudom én, mindnyájan ezt mondják. Szokásos szöveg.

Majd idegesen a papírkupacra bökött.

– Mindent tudunk magáról, érti, mindent tudunk magáról.

Itt a székébe roskadt, kiverte a veríték, egy zsebkendővel legyezte magát.

– Jó napot! – állt fel Mary. – Tudja, én meg Mary vagyok, és Európában lakom, nagyon messze, és nagyon szép volt a nyaralás, de szeretnék már hazamenni. Tudja, vár a barátom meg a többiek. Ne legyen velem kegyetlen, kérem, Topánka úr. Kíméljen meg. – Ezen a ponton Topal rendőrfelügyelő, a limai különleges nyomozati egység drogügyekkel foglalkozó helyettes megbízottja új lendületet kapott.

– Hogy micsoda? – kapdosott levegőért. – Hogy menne haza? Na, még mit nem! Nem, nem, nem és nem. Értse már meg, mindent tudunk magáról –betűzte. – Mindent.

Újra a székébe huppant – nagyon elfáradt.

– Szóval – jegyezte meg Mary –, hát jó, legyen, ha ragaszkodik hozzá, Topánka úr, maradhatok. Nem szívesen, de ha muszáj, maradok.

Topal rendőrfelügyelő, a limai különleges nyomozati egység drogügyekkel foglalkozó helyettes megbízottja már szédült.

– Hogy maga maradni akar? Azt hiszi, hogy túljár az eszemen? Na, kérem, azt már nem, hogy maga maradni akar? Na, szép! Tudja mit? Ilyen nincs, kérem, ilyet még nem mondott senki.

– Na-gyon ra-vasz. Szörnyen ra-vasz. Maguk aztán tudnak.

– Na de kérem, Topánka úr, én csak azt mondom, amit maga mondott, hogy itt kell maradom. Én nem akarok magával packázni, úgyhogy ha erre van szükség, maradok.

Topal úr teljes önkívületben volt. Csapkodott toporzékolt, az iratokat emelgette, csapdosta. – Roppant trükkös. Roppant trükkös. De ezt már nem, ezt már nem bírom.

Mary felállt, odalépett a kis emberhez, és ismét homlokon csókolta.

– Rendben van, Topánka úr, akkor maradok, majd tessék szólni, ha jött értem a barátom. Ő mindent tud, majd vele megbeszéli a többit. Köszönöm a beszélgetést. Minden jót! Viszlát, Topánka úr!

Topal rendőrfelügyelő, a limai különleges nyomozati egység drogügyekkel foglalkozó helyettes megbízottja még egy utolsó nekifutást tett.

– Országunk törvénye értelmében... amit nem kicsit megsértett... súlyos börtönévek várnak magára... mindent tudunk magáról...

Mary kezet nyújtott.

– Köszönöm a tájékoztatást, Topánka úr! Várom a fejleményeket, vigyázzon magára!

Topal rendőrfelügyelő, a limai különleges nyomozati egység drogügyekkel foglalkozó helyettes megbízottja teljesen elfáradt, magába zuhant.

Verejtékezett, szédült, hadonászott.

Mary kifele tartott.

A kis ember a nagy szemüveg mögött teljesen elcsigázva ismételgette az előbbiekben ismertetett szavakat. Egyikőjük sem értette a másikat.

És ez még hosszú évekig így marad. Topal rendőrfelügyelő, a limai különleges nyomozati egység drogügyekkel foglalkozó helyettes megbízottja még nyugdíjas korában is sűrűn álmodott ezzel a beszélgetéssel.

Javier már várta Maryt az ajtóban.

– Kisasszony, hogy érzi magát? – kérdezte rögvest.

– Tudja, kedves Javier, sajnálom ezt az egészet, mert Topánka úr nagyon kiborult, és nagyon el is fáradt, pedig én nem akartam semmi rosszat.

A megmentő telefon

Topal rendőrfelügyelő, a limai különleges nyomozati egység drogügyekkel foglalkozó helyettes megbízottja még fel sem ocsúdott a beszélgetés terhei után, amikor hirtelen az asztalon álló kék telefon vadul csilingelni kezdett.

– Igen – csak ennyit tudott fáradtságtól elgyötörten mondani.

– Topal úrhoz van szerencsém? Ha nem tévedek – mondta az idegen, reszelős férfihang.

– Igen, én vagyok Topal rendőrfelügyelő – és erősen várakozott, hogy megtudja, ki óhajt vele ilyenkor beszélni.

Meg is ragadta a lehetőséget, és így folytatta:

– Tudja, tisztelt uram, egy nagyon nehéz beszélgetésen vagyok túl. Elárulná, hogy kicsoda maga, és milyen ügyben telefonál?

– Roger vagyok, teljes nevemen, ahogy senki sem szólít, Adam Roger. Nem szaporítom a szót: most az Egyesült Államokból telefonálok, nem tudom, értesült-e róla, de egy fiatal lány vendégeskedik maguknál egy ideje, Grand Médoc du Pont Christina névre hallgat a kisasszony, de mint gondolom, értesült róla, a Mary névre hallgat igazán. No, de nem erről akarok beszélni.

A reszelős hang erős volt, és rengeteg önbizalom áradt belőle.

– Tudja, jártam Limában is a napokban, és a felettesével, a belügyminiszterrel értekeztem egy keveset, aminek az eredménye az lett, hogy most már a kezemben tartok egy papirost, amin tisztán és szépen, kerek perec le van írva, hogy az imént említett személy szabad, és mindenféle büntetőjogi felelősség alól mentesül, tehát ártatlan. Idézek. A belügyminiszter úr véleménye: „Mélyen tisztelt Topal barátom, valószínűleg egy szörnyű félreértés történt, minekutána a limai repülőtéren a kisasszony csomagját elkeverték, és egy nehéz teherrel megterhelve adták vissza neki, ebből kifolyólag be lehet látni, hogy teljesen ártatlan. Kérem, kedves barátom, valahogy legyen szíves ellentételezni az okozott sérelmeket."

– Na, valahogy így – mondta Adam Roger. – Tiszta sor, papikám? – jegyezte meg keményen.

Topal rendőrfelügyelő, a limai különleges nyomozati egység drogügyekkel foglalkozó helyettes megbízottja izzadt, a verejték patakzott a homlokán, egy zsebkendővel törölgette sebesen. Alélt állapotban volt, hogy így a nagy fogás a semmivé válik.

Levegő után kapdosott, és szédült is. Nem is bírt ülni: a hallottak hatására fokozatosan a szék alá csúszott.

Már nem értett semmit, de nem is akart érteni.

– Hogy a belügy... – nyelt egy nagyot –, hogy a belügy...

Nem bírta folytatni. Fújt vagy három nagyot a kis ember a nagy szemüveg mögött.

– Hogy a belügyminiszter szerint a kisasszony ártatlan? – hitetlenkedett.

– Igen, itt a kezemben a papír, és holnap odaadom a magáéba, és akkor el is olvashatja.

Topal rendőrfelügyelő, a limai különleges nyomozati egység drogügyekkel foglalkozó helyettes megbízottja már nem tért magához, nem is akart magához térni, olyan nehéz volt ez neki. Valahogy elkapta az asztal szélét.

– Köszönöm, uram, akkor valószínűleg én vagyok teljesen bolond, nem akartam én ártani senkinek. Bocsánat – mentegetőzött a megalázott Topal úr.

A csengettyűt markolászta, minek hatására befáradt a szobába egy titkárnő.

– Köszönöm, uram, a tájékoztatást, várom önt a papírral egyetemben.

– Rendben van. Kösz, öreg, holnap reggel ott leszek.

Az önkívületi állapotban lévő helyettes megbízott titkárnőjéhez ezeket a szavakat intézte:

– Kérem szépen, most azonnali hatállyal lemondok. Kérem, számolja össze a bankbetétjeimet, azt hiszem, Zambiába utazom örökre.

A kisasszony mindent értett, kirohant, hozott egy nagy csésze vizet, friss borogatást. A kagylót a helyére tette, majd Topal rendőrfelügyelőt, a limai különleges nyomozati egység drogügyekkel foglalkozó helyettes megbízottját gyorsan lefektette a pamlagra és azt mondta neki:

– Topal, úr ne csináljon semmit. A zambiai túra mindenképp sikerülni fog. Most elszaladok orvosért. Megkérhetem, hogy addig ne mozgolódjon?

– Persze, Bettina. Persze, fekszem, nyugodt vagyok, és tiszták a gondolataim.

A titkárnő nem értett semmit. Nem ilyen szokott lenni a főnök, de egye fene, biztos rossz napja van. Na de ennyire? Eddig olyan lelkes volt, meg a nagy fogás, amiről évek óta álmodozott, aztán most tessék.

Szaladt orvosért, Roger Limába, Mary pedig a cellájába.

Ezen a ponton muszáj levegőt vennünk, úgyhogy tartsunk egy kis pihenőt, amíg az itt elhangzottakat megemésztjük!

Roger úr eljön Maryért

A percek apránként szaladtak, Mary pihent. Gyorsan leheveredett az ágyra, behunyta a szemét, és Pierre-re gondolt.

Halkan csusszannak a léptek.
Egyre nehezebb, hogy nem látok szemed tükrében,
Miben a szivárvány is szebb volt.
Szeretlek, nincs akadály, legyőzve tenger és ezer vaskos határtok.

És a képek vad viharként lepték meg. Nagyon édesen aludt.

Roger úr mindeközben jegyet váltott a reptéren és Limába tartott. Foglalkozzunk most kicsit vele, mert nem járja, hogy meg sem ismerjük, mikor már aktív szereplővé lépett elő. Adam Roger – népszerűbb nevén Vaskos Ted – az Intéző volt a csapatban. Állandóan utazott, rengeteg beszélt, és mindent elrendezett. Nagy rutinja volt ebben. Nem voltak számára határok, nem volt legyőzhetetlen akadály. Most a repülőgépen utazott, és ahogy kitekintett, a felhők alatt a tengert kémlelte. Már 50 felett járt, mindig szőrös volt, erőteljes borostája mögött vadul kuncogott. Mint mindig, most is jókedvű volt. Brandyt ivott, és egy afrikai lelkipásztorral beszélgetett.

– Na, ezt skubizd, pajtikám – és egy fényképre bökött.

– Itt a Bajnok, a legnagyobb, most szerveztem le az utolsó meccsét, amolyan búcsúmeccs, a Főnök kért, hogy lepjem meg egy kis ajándékkal. Igaz, kap egy nagy marék dohányt, meg egy egész világkörüli utat, de én arra gondoltam, ennél többet érdemel, most utazom egy lányért. A Főnök azt mondta, szervezzem be. Na, érted, pajti, hát úgy, mint a jó szokás. Társalkodónőnek. Tudod, hogy megy ez. Na, figyelsz! – verte hátba. – Nézd ezt a szépséget, milyen kristálytiszta gyönyörűség, ezt a lányt el lehetne adni. Tudod, mennyi gubóért? Na, ezt figyeld: van, aki adna érte 100-at. Értesz, ember? 100 millió eurót. De nem adom el. Figyi, de ezt most csak neked mondom, többet ér ő ennél, hogy erre a sorsra jusson. Sokkal többet, pedig még nem is találkoztam vele. Pierre barátnője. Szegény Pierre, vajon hol lehet? Ez a lány egy kincs. Rábízom a Bajnokra, hogy amíg Pierre elő nem kerül, addig vigyázzon rá. Tudod, mennyit szervezek én? Van, hogy tíz napig nem alszom. Én vagyok az Intéző. Mindent el kell tudnom intézni. Ha a Dalai Lámát kell leszervezni 10 napra Párizsba, akkor azt. Figyelsz te rám? Bármit. Te mit szeretnél? Találjam ki a vágyaid? Csak belenézek a szemedbe, és már tudom, ki vagy. Félelmetes adomány Istentől. Igen, hiszek Istenben. Hogy egy magamfajta bűnözőtől ez szokatlan? Hát legyen. De Isten ügyeit is intézni kell. Ha ő arra kérne, hogy csináljak sima terepet neki, az is meglenne. Bármi, apukám, bármi, nincsenek határok és Vaskos Ted, Ted merészen a levegőbe nevetett, erősen megveregette a lelkipásztor vállát.

– Ha – hm… – ha – hm… – nyilatkozott a lelkipásztor.

– Ez igen tömör vélemény, apukám. Tehát van valami véleményed vagy kérésed?

– Fiam, Abdul Mohammed Fatimeh vagyok. Hallgatom, amiket mesélsz, és igen csodálkozom rajta. Tudod, én mindenkit meghallgatok, most azért utazom Dél-Amerikába, mert a gyülekezet, mely Nigériában gyökerezik és én vagyok a feje, megkért arra, hogy a sok éven keresztül gyűjtögetett pénzünkön vegyek egy szép nagy birtokot, ahol kávét termeszthetünk a testvérekkel, ez utazásom célja. Igen, kávét fogunk termeszteni, hogy pénzt gyűjtsük a kábítószer terjedése ellen. A tervünk az, hogy a pénzből, amit keresünk, felvásárolunk kokacserje-ültetvényeket, és az olyan maffiózóknak, mint maga, jól az orrára koppintsunk, hogy mindent azért nem lehet – nyilatkozta a hetvenes éveinek végét taposó lelkipásztor, ki a választott vallásban az Eliah Teodor nevet vette fel.

– Na de papikám, nem vagyunk mi olyan veszélyesek – nevetett Vaskos Ted.

– Azt maga csak gondolja. A fél életemet azzal töltöttem, hogy drogfüggő fiataloknak adjak reményt. Magunknak ez csak pénz meg lehetőség meg feladat. De ezek emberéletek.

– Na de kérem, álljunk meg ezen a ponton! Szóval maga kávét akar termeszteni, hogy ültetvényeket vegyen Kolumbiában, meg szerte Dél-Amerikában? Na igen, ez remek. Nincs ellene semmi kifogásom. Csak azt mondja, kérem meg, hogy mennyi a keret, és mit akar elérni. Nobel-békedíj, kitüntetés? – kacagott vadul Vaskos Ted. – Kérem, nyilatkozzon őszintén. Most jó kedvem van. Legyen, ahogy akarja, mondjuk, nem figyelt rám, no, de sebaj.

– Fiam, szeretném, ha eljutna a híre Európába a mi ügyünknek, és legalább 10%-kal csökkentenénk a kokacserje-ültetvények számát.

– Maga egy nagyszerű ember. No, lássuk a tényeket! Mennyi zseton áll a rendelkezésünkre?

Megrökönyödve ült Eliah.

– Maga segíteni akar nekem?

– Naná, apukám, mindenkinek segítek, mert most jókedvem van. Na, lássuk a tényeket!

– No, figyeljen ide, fiam. Negyven év kemény küzdelmével és munkájával 750 ezer eurót tudtunk összeszedni.

– Szép teljesítmény, de miért nem keresett meg korábban? Na jó, nyilván nem ismert engem, no de mindegy. Hát az az érzésem, hogy Nicaraguába kell elmennünk, és ott szépen elmondok mindent. Az álmai megvalósíthatók, igazából semmi bökkenő nincs. Értékelem az elszántságát. Tudja, ez az, amit nagyon tudok értékelni: az elszántságot. Csak tudja, ezt sokkal jobban át kell gondolni. Tudja, ez veszélyes dolog, mondjuk, nem látok félelmet a szemében, na de akkor is. Ez kurva veszélyes. Szeretem magát. Tisztelem az egyenes nyíltságát.

– Tudja, püspök vagyok. 12 millió ember vezetését bízta rám a sors és úgy érzem, hogy eljött az idő, a testvérek lelkesek, azt érzem, most van lehetőség, felvesszük a versenyt a nemzetközi kábítószerkereskedelemmel.

– Papikám, maga ha nem lesz szent, akkor semmi. No, ne tétlenkedjünk!

Ted belenyúlt a táskájába.

– Itten van, e! Ez egy térkép. Ahogy látja, a piros az értékes, a barna a kevésbé, és a fekete az értéktelen. Bökjön rá bátran

74

az egyik kiemelt pontra, és máris az öné. Higgye el, elintézem. Meg úgy az egészet. Tudja, elég nekem ebből. Az egész életemet a maffia töltötte ki. Elég volt. Tudja mit? Maguk mellé állok. Igen, meglepődött? Ne tegye, nincs ebben semmi meglepő. El tud engem vinni engem az Úr útjára? – kérdezte a nehéz, szőrös ember egészséges, telt mosollyal arcán.

– Természetesen, fiam – fogta meg a kezét Eliah. – Természetesen. És figyeltem, tudja, tényleg gyönyörű az a nő, sőt azt hiszem, több mint gyönyörű. Azt hiszem, a természet egy különleges csodája, aki forradalmunk arca lehet. Nagyon derék dolog, hogy nem értékesíti *úgy*! Igen, ettől a kifejezéstől is megborzong a hátam. Úh – rázta át a hideg az öreg püspököt. – Eladni egy embert? Milyen dolog ez? Vagy értékesíteni?

– Igaza van, papikám, de hát ez így megy. Adunk-veszünk, kereskedünk... Lányok, kábszer, sportolók, bármilyen áru, ügyek, ilyesmi. Adunk-veszünk, és mindenki jól jár, ez az elképesztő. Mindenki jól jár, ha jól csináljuk. Nincs ebben semmi veszélyes, meg ilyenek.

– Na, tehát ott tartottam, hogy ez a lány lehetne a forradalmunk arca. Igen, ott tartottam, hogy a mozgalmat nemzetközi szintűvé szeretném tenni, és az afrikai kontinens összefogásával szeretném megoldani ezt a problémát, Ugye tud támogatni?

– Huh... Papikám, ez aztán nem semmi! Nem akarsz lassítani? Az előbb azt mondtad, hogy 10% meg hogy 750 euró. Most meg afrikai összefogás, forradalmunk hősalakja. Na, ez igen, ezt szeretem – és magába eresztett egy jó fél liter brandyt. – Benned van kurázsi, papikám. Hogyhogy nem találkoztunk még? Az a baj, az a kurva nagy bökkenő, hogy megkedveltelek. Legyen bármi a célod, segítek elérni. Oké? Na, ne lepődj meg, ne kezdj el lelkizni, mert kiborulok. No, de valamit valamiért. Te meg segítesz nekem, hogy megtalálhassam az utat az Úrhoz.

– Segíteni fogok, fiam.

– Igazán? – nevetett Ted. – Jó, na akkor hát, nincs sok pénzetek. Hitelezhetek? Mondjuk, 750 milliót? És akkor már van értelme. Na, papikám? Benne vagy? Na jó, nektek, mert rendik vagytok, legyen, mondjuk, 20% a kamat, az baráti, ugye? 20%. Jaja. Na? Két év és visszaadjátok, leszervezem a mozgalmat, az európai turnét. Igen, a hősnő igen, az is belefér, egy fotó meg egy sztori Maryről biztos sokakat megmozgat.

– No, áll az alku? Soha vissza nem térő alkalom.

– Sajnos én már menthetetlen vagyok. Az egész életemet így éltem le. Áh, nekem már marad minden így.

– Nem, fiam, megerősödsz, lélekben talpra állsz, és jóváteszed bűneidet.

– Na de hogyan?

– Köszönöm nagyszerű felajánlását, élnék vele, ha lehet, fiam. Beszélgetésünket tekintse gyónásnak, és a feloldozást elnyeri, ha mindezt véghez viszi. Így annyit lendít az Úr ügyén, ami elegendő ahhoz, hogy nyugodt szívvel aludhasson.

– Rendben van, papikám. Itt írja alá. Minden le van írva. Teljesítés határideje mától számítva 2 év. Az ön által vállalt felelősség, és a többi és a többi. No, itt tessék aláírni. A pénz ezen a számlán elérhető. Ezt az embert kell felkeresni. Bármi nehézsége támadna, bátran hívjon, de természetesen ez csak üzlet, ugye. Szóval itt és itt vannak a földek, amiket majd ugye megvesz. Itt az író, aki majd a sztorikat, meg minden. Na, tehát itt leírtam mindent, hogy siker legyen. Remélem, menni fog. Szóval, hajrá, papikám! Legyen maga egy szent ember. Maga így építette fel az életét. Hát érje el. Jaj, basszus, emberek! Akarnak valamit, de nem mondják ki, nem mernek kérni. Hihetetlen.

Megvakarta az Intéző a fejét erősen, és tovább zsörtölődött.

– Tudja, ha felhívott volna, mondjuk, két nappal ezelőtt, akkor már lehet, hogy nem élne. Tudja, ez ilyen. Hát szerencséje van, valljuk meg. Pokoli szerencséje van. Ma jó kedvem van – nevetett az erős, szőrös arc. – Maga hiteles ember. Ez a mázlija: hiszek magának, hogy ez jó és helyes. Mentsük meg az embereket, meg minden. Hiszek magának, papikám. Maga megmenti a lelkem, ugye? Maga megmenti, maga képes rá?

– Persze, fiam. Persze, fiam. Jöjj el velem erre az utazásra, ha tudsz, és tégy annyi jót, amennyi rosszat tettél, és akkor nem lesz baj. Kezet rá.

– Jól van, te harcos pofa. Legyen úgy, ahogy akarod. Elkísérlek mindenhova, megvédelek, és mindent elrendezek. És mindezt miért? 20%, nyilván, meg a szabadság. Ha elrontunk valamit, hozzuk helyre, nem igaz, papikám?

– Most mondtad ki a legőszintébb szavakat életedben. Ne félj, fiam. Ne félj szeretni, nem lesz semmi gond.

– Tudom, papa, papikám. Tudom. Hiszek neked. Kurva nagy mázlid van, de hiszek neked. Most már csak azt mondd meg, hogy akarod-e vagy sem?

– Lehet ez kérdés, fiam? Te a szívembe láttál, és legmélyebb vágyaimat olvastad ki. Hálás vagyok érte. Az ég áldjon meg, fiam. Köszönöm. Köszönöm. Köszönöm. Védd meg azt a lányt, és segíts neki. Rengeteg jó tulajdonságodat használd fel a jóra, és akkor minden jó lesz.

– Bassza meg, mindjárt sírok, ez olyan kurva, kibaszott szép. Talán már nem is élek, vagy mi a túró van. Hogy győzött meg? Hogy győzött meg? Kurva nagy mázlija van, papikám. Ezt jegyezze meg. Köszönöm az aláírást. Én a leírtak szerint mindent elrendezek, maga csak várja a levelet, hogy mikor kell utazni, meg hova, meg ilyenek. A többit rám bízhatja. Nem lesz semmi gond.

– Bízom magában, fiam. Tegyen mindenkit, akit csak tud, boldoggá, rendezze a sorsokat, ért hozzá!

– Na jó, elég ebből a picsogásból. Ott vagyunk már, bassza meg? Valaki hozna egy kis brandyt? Kérem, üljön el innen, ez is csak egy szerződés, mint a többi. A jó ügyért. Na ja, ha-ha... Igazán vicces. No, mindegy. Köszönök mindent, papikám.

Az öreg hátrafordult.

– Emlékezni fogok magára, fiam, a sírig. Köszönöm, köszönöm, köszönöm – és az öreg lassan haladt a kijárat felé.

Ej, ej, Ted, a jó szíved visz a sírba.

– Halló, igen, Flóra? Kérem, hívjon zenészeket, ma egész éjjel mulatunk.

– Igen, főnök, a lakosztályába irányítom a zenekart és a lányokat. És természetesen mire odaér a taxija, már minden kész lesz.

– Tudja, ezért szeretem magát, Flóra. Basszus, a végén még jó útra térek és maga lesz a feleségem. Mit szólna hozzá?

– Főnök, tudja, hogy szeretem, és bármit megteszek magáért.

– Persze, Flóra, tudom, maga a legjobb mindenes titkárnő.

– Köszönöm, főnök.

Ted taxiba vágódott. Ma komoly mulatásra vágyott. *Ami csak belefér* – gondolta. A taxiban elgondolkozott. Ha nem egy ilyen püspök-pofa lett volna, nem gyenge üzlet lenne. Így sem rossz, de a püspök-pofa rendes tag. Segítünk neki.

A taxi sebesen száguldott a városon keresztül.

A villa, amit erre a hétvégére bérelt, mire odaért, már kész volt az ünneplésre. Az emberek mind kurjantottak és kiáltottak.

– Szervusz, Ted, öreg cimbora!

– De rég láttalak.

– De jól nézel ki, kicsi szívem.

– Táncolna velem ma, kedves Ted?

A cigányok egész éjszaka húzták. A zene messzire kígyózott, a fények vadul rohantak bele az éjszakába.

Ted volt a legboldogabb ember a Földön. A lányok, aki mindig kísérték az útjain, most még csinosabbak voltak, még gyönyörűbben táncoltak.

– Szeretek élni, bassza meg! – mondta Ted. – Ma megkötöttem az évszázad üzletét egy nigériai püspök-pofával. Jaj, de szép! Jaj, lányok, szeretek élni.

– Ted, tudod, hogy nagy a szíved. Ted a világ legjobb intézője.

Mindenki részeg volt és táncolt, és a Jóisten erősen örült nekik, mert szépen éltek. És ma is volt minek örülnie, mert Ted sem volt elveszett ember.

Nagyokat kacagtak a hajnali fényekben is. Szép volt ez az éjjel is.

Kacagott az éjszaka, és Ted is, az Intéző.

Roger úr most már tényleg elmegy Maryért

Negyed ötkor kipattantak Roger úr szeme, és amit látott, az maga volt a tökély. Szerelemben álomba ringott emberalakok aludtak a villában mindenfelé. Nagyot szippantott a levegőből.

– Ha nem tévedek, Julie már elkészítette a reggelit.

A konyhában már várták a lányok Roger urat.

– Szia, Roger – mondták selymesen. – Reméljük, szépeket álmodtál!

– Köszönöm, hölgyeim, tudjátok, veletek az élet sosem nehéz.

Julie ekkor odaperdült Rogerhez.

– Ugye, ugye szeretsz? – kérdezte, miközben Roger úr ölébe huppant.

– Naná, Julie-kém. A két szép szememnél is jobban.

Na, ekkor két igen morcos nőalak tette csípőre a kezét: Lola és Luna. Fenyegető pillantások kereszttüzében hörpintette fel a kávét Vaskos Ted.

– Há-há-há-há. Nők – nevetett harsányan. – Tudjátok, hogy értetek mindenem odaadnám, akár máris.

Lola szendviccsel kedveskedett, míg Luna a frissen facsart narancslét tette le az asztalra.

– Ez igen, lányok. Már tudom, mi tart életben.

– Számíthatsz ránk, Roger!

– Na, hölgyeim, ha már így kiélveztük a reggeli adta örömöket, kezdjünk is bele. Julie, ma velem jössz, elmegyünk a börtönbe Maryért, a te feladatod, hogy eltöltsd vele ezt a szép napot este nyolcig, akkor indul a repülőgép. Lola és Luna, ti mindig együtt szerettek járni, hát legyen ez, hm... nektek egy pompás feladatot szántam. Kell egy kocsi. Tegnap találkoztam egy nigériai püspök-pofával, el kéne kísérni egy-két helyre. De csak óvatosan, mondom, püspök-pofa. Hehehe.

– Rendicsek, Roger – vágta rá elsőnek Lola és Luna. – Elviszszük a püspök bácsit, de hova is pontosan?

– Az úticél Muy Muy. Ne kíméljétek a kocsit, mire odaértek, én is ott leszek. Millió pusszantás, lányok, csak ügyesen.

– Gyerünk, Julie, sok dolgunk van még ma.

– Szeretünk, Roger – mondta egymással versenyezve Luna és Lola, s az egyik balról, míg a másik jobbról nyomott Roger arcára egy erős, forró puszit.

Roger, vagyis teljes nevén Adam Roger, elmerült az illatárban, amit a lányok így rászakajtottak. Na, ekkor ment igazán a gondolkozás.

– Maradjatok még kicsit, kérlek, velem – sóhajtotta Vaskos Ted.

A lányok elnyújtózkodva kivártak a pillanatban. Roger belekarolt a szenvedélybe. És alámerült. Mélyen gondolkozott, hogy hogyan legyen.

– Hé, Ted – bökte meg Julie –, el ne aludj itt nekem.

– Tudod, hogy szeretlek? – Szájon csókolta Julie-t, majd felpattant.

– Mindenki értette a feladatot?

– Igenis, kapitány – jelezte Luna és Lola.

– Naná, Roger, ebben a csókban mindent értettem.

– Hehhehehe – nevetett Roger. Gyorsan átfésülte a tükörnél a haját. Sapka fel – ma egy piros baseballsapkát választott –, napszemcsi fel. Indulhat a hajsza. Julie-ék eltűntek egy pár pillanatra, de másodpercek múlva már ott álltak az ajtóban útra készen.

– No, tehát itt van 200 ezer euró az útra, szi-go-rú-an költőpénz, csak csacskaságokra, és itt egy kártya az autókölcsönzéshez. Tudjátok, ahogy szoktuk. Az úticélt ne vétsétek el, bármikor telefonálhattok. Na, még egyszer elmondom: vigyázzatok vele, amolyan püspök-pofa. Hehehehe.

– Rendicsek. Roger. Kár, hogy nem jössz velünk, de biztos sok dolgod van.

És a két kis tündér még egy-egy puszit dobott jobbról, balról, aztán elviharzottak.

– Julie, drága, indulhatunk? – mondta kérdően Vaskos Ted.

– Igenis, kapitány – tisztelgett Julie, és tetőtől talpig büszke volt, hogy Roger úr ma – és ami a lényeg – pár napig vele lesz.

Az öröm megdobogtatta a szívét és erőt öntött karjaiba. Ted a karját nyújtotta. Julie kellemesen fogadta az ölelést. Mikor kiértek az ajtón, már ott állt a taxi.

– Mentőakcióra készen, indulhatunk.

Bedobta bőrtáskáját a csomagtartóba, majd lecsukta, kinyitotta az ajtót a kisasszonynak, majd maga is beült az autóba.

– Uram, kérem, hajtson, a limai központi börtönbe. Kérem, ne siessen. Csak lassan, lassacskán – dobta a szavakat könnyedén.

– Uram és hölgyem, kívánságuk számomra parancs. Megkínálhatom önöket egy kellemes szivarral, vagy esetleg egy könynyed chilei borral?

Roger erősen gondolkozott.

– Kérem, Julie, segítsen ki ebből a nehéz helyzetből!

– Igen, kérünk a borból egy jó erős, száraz vöröset, a szivarból kettőt – ma én is rosszalkodom.

– Na, ezt szeretem benned, drágám, ezt a határozottságot is.

A sofőr megnyomott egy gombot, leereszkedett az elválasztó üveg, majd egy kéz egy tálcát nyújtott be, rajta két szivarral és egy pohár előhűtött borral.

– Na, ez kultúra, kicsikém, ez bazira kultúra-szagú.

– Köszönöm az elismerést – mosolygott a sofőr. – Köszönöm, szívből köszönöm.

– Azt hiszem, most már indulhatunk – mondta a legőszintébb mosollyal Roger.

– Meséljen, kicsikém, meséljen az elmúlt napokról.

– Hát, tudod, drága szívem, az úgy volt… – és a kisasszony elmerült a napi élmények mesélésében, de ezek most nem tartoznak ránk, hagyjuk csak őket csevegni, hiszen már nagyon várták ezt.

Roger úr a börtönben

A kocsi vadul száguldott a börtön felé, Mary pedig nem is sejtette, milyen közel a szabadság. Épp szundikált, mikor vaskos Ted megérkezett – na de ne rohanjunk előre. A kocsi megállt a börtön előtt. Roger úr, avagy Vaskos Ted, kiszállt, mögötte Julie pattant ki, majd a bejárat felé indultak.

– Jó napot kívánok, uraim – mondta Ted a portaszolgálatot töltő embereknek. – Nevezett Topal urat keresem.

– Hát azt keresheti, mert ő jelenleg üdül, ami azt jelenti, hogy végleg üdül.

– Értem, hm... nem probléma, itt a papiros, amelyben fent nevezett személy, Grand Médoc du Pont Christina felmentése szerepel minden vádpont alól.

A két fickó figyelgette az iratot; úgy vélték, hogy teljesen hiteles.

– Bocsánat, egy másodperc, és az igazgatóhelyettes úrnak szólok.

Telefonált, gyorsan megbeszéltek mindent.

– Kis türelmüket kérem, az igazgatóhelyettes úr mindjárt érkezik.

És az igazgatóhelyettes úr érkezett is. Egy nagyon kellemes fiatalembernek tűnt, kezet nyújtott, súlyos elnézéseket kért, továbbá megértést, meg jóvátételt ígért, meg ilyenek.

– Bocsánat – csak ennyit tudott végül mondani, majd egy cellára mutatott, amit ki is nyitottak, és ott állt Vaskos Ted és Julie az ajtóban. Mary megrezdült a zajra és a beáradó fényre.

– Roger bácsi? – kérdezte hitetlenkedve.

Szeme fölé tartotta kezét, hogy jobban láthasson.

– Roger bácsi, de jó, hogy itt vagy! – és egy ugrással a nevezett személy nyakában kötött ki.

– De örülök neked. Ugye nincs semmi baj?

– Jaj, dehogy! Hogy lenne, kis tündérkém? Csak Pierre most nem ért rá, és engem küldött.

– Jaj de szuper! – és élvezte, ahogy foroghatott Roger bácsi nyakában. – Tudod, a madárkák sokat segítettek, meg egy kedves néni, meg angyalka is, de a legjobban neked örülök.

– Köszönöm. Tündérkém, köszönöm.

– Ha nem zavarok, megjegyezném, hogy egy börtöncellában társalgunk, ami véleményem szerint nem az aktuális lehetőségekhez mérten legjobb hely, úgyhogy Mary kisasszony, ajánlom, hogy öltözzön gyorsan át, vegye át a csomagját, és járjuk be közösen ezt a nagyszerű várost.

– Jaj, Roger bácsi, olyan igazad van, neked mindig igazad van. Hát, sajnálom, srácok, de mennem kell.

Javier apró könnyeket morzsolt el a szemében, Pablo és Salvatore egymást támogatták a veszteség terhe alatt.

– Mary kisasszony egy kincs – mondták egymással versenyezve.

Pablo egy ölelésre dobta oda magát, míg Salvatore csak szelíden a kezét nyújtotta.

– Ugye fog emlékezni ránk? – kérdezték a fiúk.

– Persze, és ha tehetem, meg is fogom látogatni magukat, rettentően sokat segítettek nekem, fiúk. Köszönök mindent – csicseregte, majd intett, hogy „pápá".

Pablo a folyosó végéig le sem vette róla a szemét, de most a többiek is így álltak ott, és hosszú perceken keresztül csak néztek Mary után. Nem tudták feldolgozni a veszteséget.

– Nagyon fáj – zokogott Pablo.

– Éget a kín – nyögte Salvatore.

– Jaj, meghalok – nyilatkozta Javier.

És mivel mindhárman maguk alatt voltak, így álltak ott és várták, hogy csoda történjen, és Mary kisasszony megjelenjen.

Hagyjuk szegény fiúkat zokogni, és emeljük fel figyelmünket a várost felfedezni vágyó, kalandorlelkülettel megáldott hőseinkre.

Julie és Mary kihasználja a szabadidőt

A ragyogó szemű Mary, karonfogva Julie-vel, boldogságban úszva szaladt kifelé a börtönből.

– Köszönöm, köszönöm! – lelkendezett Mary.

– Nehéz volt? – tudakolózott Julie.

– Óh, dehogy, annyi jó ért, csak nagyon hiányzott Pierre, ha csak láthattam volna egy kicsit, máris sokkal jobb lett volna.

– Elhiszem. Nos, merre vegyük az irányt?

– Én azt tartom helyénvalónak, ha kicsinosítjuk magunkat, mire estére a gépünk felszáll.

– Rendicsek, aranyom! Egyéb kívánság?

– Menjünk fel kicsit a hegyekbe, amolyan uzsonnázós túrára! – kérlelte Mary.

– Nagyszerű ötlet.

A pillanat hevében be is tértek az Aarons Gold szépségszalonba. Kicsit kivártak, majd úgy döntöttek, megfelelő a hely. A kisasszony a bejáratnál gyorsan meg is tudakolta tőlük, hogy miben segíthet. A lányok pedig kijelentették, hogy egy teljes frissítő kezelést szeretnének.

– Nagyszerű választás – jelent meg az ajtóban Aaron –, a legjobb helyet választották, hölgyeim.

Julie és Mary elmerült a szépségszalon adta örömökben, csak egy parányi beszélgetés volt igen fontos, amit érdemes meghallgatnunk. Mary éppen a fodrász kezei alatt volt, amikor eszébe jutott egy fontos dolog.

– Drága Julie – emelte fel fejét –, vajon hogyhogy nem Pierre jött el értem? – kérdezte, és erősen marta a kíváncsiság, és az epedés fullánkja is kínozta.

– Hát tudod, nagyon szeretlek téged, szóval nem akarlak félrevezetni, tehát elmondom az igazat. Most Roger bácsival kell maradnod egy darabig. Tudod, Pierre elindult érted, de valahol eltűnt a tengeren. Azóta nincs hír róla.

– Ne! – esett össze a remény hamva is Maryben. – Ne! Ezt nem élem túl. Jaj, szegény Pierre, ugye nem haltál meg? Jaj, csak azt ne!

– Szegény picikém, nem akartam elrontani a boldogságodat, de úgy gondoltam, jobb, ha tudsz róla.

– De vajon hová, hová tűnhetett az én drága szerelmem? Tudom, hogy nincs baja, azt érezném, remélem, mihamarabb előkerül – és szikrázott az erő a szemében. – Tudom, hogy szeret, érzem, hogy most nagyon dolgozik, nagy munkában van. Meg kell találnom. Segítesz Julie?

– Természetesen, segítek. Honnan van ez a lenyűgöző akaraterőd, ami sosem fogy el?

– Azt hiszem, ezt úgy hívják, hogy éltető szeretet. Igen, azt hiszem, így hívják: a szeretet éltet. Minél több embert szeretsz, annál gazdagabb vagy, és minél jobban elmélyülsz egy ember iránti szeretetben, annál több lelki erőd lesz. A szeretetek táplálják egymást, és én meg Pierre nagyon szeretjük egymást, na, tehát ebből óriási erőt tudunk meríteni a munkában. Segítünk egymásnak, hogy minél jobban el tudjunk mélyülni a szeretetben. És ahogy elmélyülünk, gazdagodunk. Felszínre hozzuk az értékeket, és segítünk a kicsomagolásban is. Ő engem nagyon szeret. Annyira közel van most is a szívünk, pedig ki tudja, hány száz kilométer választ el bennünket. Szóval a szeretet éltet.

A gondolatmenet szépen lepergett. Julie vadul figyelte Mary szavait, és teljesen lenyűgözte őt ez a kicsi lány. A szépségszalon termeit fokozatosan vették igénybe, és délután egy felé végeztek is. És Mary nem sírt akkor sem, amikor meghallotta, hogy Pierre eltűnt, sem azután. Gyorsan elszaladtak, egy hátitáskát és valamely uzsonnát vásároltak, majd elindultak egy röpke felfedezőútra. A hegy lábánál feltekintettek a vadul kanyargó, sárgásán tündöklő útra. Mary feltekintett az égre és mesélt Julie-nak, aki mohón itta szavait.

– Tudod, ezen a földön az indiánok laktak, mint a régi filmekben is szokott lenni. Hát tudod, az indiánok nagyon mély harmóniában voltak a természettel, és bármily furán is hangzik, a természetet megértették, kitanulták, aztán beszéltek a természettel. Igen, drága Julie-m, beszélgettek a természettel, és a természet mindig kicsit többet árult el nekik a titkokból. És ők szépen lassan építkeztek azokból a töredékekből, amiket a természet odaadott nekik. És ez egy hatalmas kincs, óriási érték. És tudod, még mindig sok indián él itt, és sok közülük hallja a természet hangjait. Félelmetes. Elképesztő. Tudod, ezt csak azért mondtam el, hogy ha mi is sokat figyelünk a természetre, akkor a természet nekünk is cseppent a kincseiből.

– Nagyszerű gondolat, Mary, én úgy hiszem, hogy ez igaz. De én a vadul robogó, zsivalygó városokban élek, vajon hogyan tudnám figyelni a természet hangjait?

– Hát, a legelső lépés, hogy venni kell egy szuper bakancsot meg terepruhát meg hátizsákot, meg kell kérni Roger bácsit, hogy adjon egy kis szabit, és akkor elindulunk túrázni pár hétre a vadonba.

– És sokszor megyünk el, és csak nézelődünk, szimatolunk és gondolkodunk, és ami gondolatunk van, azt este a tábortűznél megbeszéljük, leírjuk és lerajzoljuk. Úgymond felfedezzük a természetet. És mindig egyre mélyebbre hatolunk, hogy megérinthessük a természet vérkeringését, és bekapcsolódhassunk a véráramba, és akkor a természet, a vadon már visz minket, és szépen lassan megtanulunk úgy élni, mint az indiánok. És akkor óriás, boldog lesz a szívünk.

– Benne vagyok, te drága kincs. De nem is csacsoghatunk? – hűlt el Julie.

– Nem, nem, abszolút nem, csak figyelünk.

Julie ingatta szőke fürtjeit. – Hm... Na jó, a te kedvedért bármit. És úgy gondolod, hogy Amerika erre a legmegfelelőbb?

– Természetesen igen, annak is az Andok nevezetű része. Ott hatalmas hegyek vannak, és temérdek csoda.

– Hihetetlen, de olyan elbűvölő, amit mondtál, hogy kedvet kaptam hozzá.

– Szóval ennyi. Majd egyik nyáron eljövünk, de remélem, minél hamarabb.

– Pompás, Marykém, pompás. Veled tartok okvetlen. De nem gondolod, hogy indián kísérők kellenének?

Mary kedvesen mosolygott, és érezte az erőt a szívében.

– Nem, nem, ezt az utat magunknak kell kijárni.

És csendesen szemerkélni kezdett az eső, a nehéz pára az út fölé emelkedett és ködfátyolt képzett. És a ködúton először az előtünedező napfény játszott, majd a szivárvány színeivel ékesítette azt, és a két lány csendesen imbolyogva, egymásba kapaszkodva figyelték a természet csodáját. És igen hálásak voltak mindezekért, és nem volt hiányérzet a szívükben.

No, de lassan ereszkedjünk le a hegyekből, és vegyük célba Európát, mert Roger úr már türelmetlenkedve figyelte az óráját a Bronz Cethal csárdában, ahová a vacsora este hatra volt megbeszélve.

Eliah atya limai estéje

A felzaklató események után Eliah Teodor püspök úr nehezen tért magához. Erősen hitt az isteni gondviselésben, de hogy azt ilyen mélységeiben egy repülőúton élje át egy maffiózó társaságában, arról nem is álmodozott. Úgy érezte, csoda történt vele. Hogy sokévnyi gyűjtőmunkájában és célkitűzésében ilyen hamar ilyen nagy eredményeket éljen át, hát ez maga volt számára a mennyország. A repülőtéren is meglepődtek, ahogy a fütyörésző, nevetgélő püspököt látták. Nagyon boldog volt, soha életében nem érzett át ekkora örömöt – és most jegyezzük meg, hogy ez a folyamat még nem ért véget, és lesz a püspök úr még sokkal vidámabb is.

Nem szállt taxiba, nem is szerette igazából az utazás ezen formáját, de valahogy most különösen vágyott az egyedüllétre és a sétára. Útközben imádkozott, figyelte az este egyszerű szépségét, és hálát érzett a szívében: hálás volt, hogy élhet. Nagyon hálás volt. Nem érezte magát öregnek, viszont a szívében igen nagy csomag energia raktározódott mind a mai napig. Úgy érezte, eljött az idő, hogy úgymond színre lépjen, és megmutassa, mire is képes ő igazán. Gyerekkora óta erről álmodott. Ez volt az ő élete. Látta a sok problémát az utcán, a családokban, és úgy egyáltalán a világban. Mindig arra gondolt, hogy legalább egy kicsi problémát neki is fel kell vállalnia és megoldania. És arra gondolt ilyenkor, hogy mindig csak annyit, amennyit az ereje és a szíve enged. Mikor fiatal volt, a gyerekeknek áldozta életét. Épített, ahol megjelent, épített. A nehéz helyzetű fiataloknak épített. Azt akarta, hogy legyen lehetőségük, és igen jól is sikerült. Napjainkban már tucatnyi intézmény volt Nigériában, ahol nehéz helyzetű fiatalok pályázhattak tanulmányaik folytatására. Mert ahogy ő gondolta, sok értékes ember itt veszik el, hogy nem bontakozhat ki. De ő nem adta fel. Nem adta fel. Felkutatta a lehetőségeket, hogy tanulhassanak ezek a fiatalok, intézményeikben a keresztény hitre nevelés mellett fontos volt az aktív sportélet is, és rengeteg kiváló fiatalembert neveltek itt ki. De itt találkozott élete negatív élményével is. Amikor már látta, hogy a rendszer működik, és sok fiatal kap ez által lehetőséget, új célt keresett. És ez a cél ott hevert az utcán. Kérlelhetetlen ellensége lett a kábítószer és annak minden formája, és sokáig gondolkozott, hogyan tudna legalább egy hajszálnyit is könnyíteni felelősségén, hogy ne gyötörje a tudat, hogy hagyott embereket elveszni. És innentől kezdve gyűjtött, újra gyűjtött, de most más célra, és úgy érezte, hogy most eljött az idő, hogy végre tegyen valamit. És akkor egy ekkora ajándékot kapott. Lenyűgöző és hihetetlen varázsa volt ennek az élménynek. Lassan ment és gondolkozott, hogy vajon most mitévő legyen. Szállása felé tartott.

Figyelte a város neszeit, és imádkozott, egyenesen a Szűzanyához. Mérhetetlenül boldog volt. Úgy gondolta, a koronát erre a napra azzal teszi fel, hogy betér valahová és elmeséli valakinek ezt az élményt, amit átélt. Merthogy ez is fontos, hogy amit átélünk, azt kimondjuk, és azáltal, hogy kimondjuk, még erősebben érezzük az esemény súlyát, és megértjük és szívünkbe zárjuk azt. Ne féljünk beszélni; ezt mindig fontosnak tartotta. Csak beszéljetek, csak beszéljetek – ha kimondjuk, máris sokkal könnyebb. Mintha terhet osztanánk meg. Mind örömben, mind bánatban. Akár élmény, vagy siker, akár kudarc az. Csak mondjuk el, hogy könnyebb legyen. Mert úgy gondolta, hogy az ember szíve olyan, mint egy tálca, amit egy erős kéz tart, de ha már túl sok minden van rajta, a tálca felborul, és ami rajta volt, az odaveszik. Úgy érezte, ez értékmentés, amikor még lépjünk, álljunk oda valaki elé, és meséljünk el mindent, ami bennünk van. Meséljünk, ne féljünk. Így a szív tálcájáról a dolgok szépen a helyükre kerülnek. Elraktározódnak, átformálódnak, és részünkké lesznek. És ő is így tett. Mint püspök is szükségünk van szívünk tálcájáról megkínálni másokat, és építkezni közösen az emlékekkel.

Így hát betért egy kisebbfajta kocsmába. A neve Amar Así volt. A barna, festékfoszlott lengőajtón kiszüremlett a nehéz dohányfüst és a belé csavart lágy dallamokba fúló emberi kiálltások.

Az emberek vígak voltak, zajosan csevegtek. Körbepillantott, hogy kit célozzon meg a beszélgetéssel. A pultnál három alak állt. Egy afroamerikai fiatalember, akin látszódott, hogy már igen részeg. Egy alacsony perui asszony, aki egy nagy csomag batyu felett állt, és az ő fia. Őket vette irányzékba.

– Asszonyom, nem akarok tolakodó lenni, de igen jólesne, ha a társaságukban elfogyaszthatnék egy kellemes italt.

– Dehogyis! Maga ugye pap? – vetette oda az asszony. – Megérzem én azt! – jelentette ki dicsekedve. – És ahogy elnézem, hosszú úton van túl, megérdemel egy jó italt.

– Köszönet, asszonyság. Igen, hosszú útról jöttem, egyenesen Nigériából, ahol püspöki szolgálatot végzek.

– Mondtam én, mondtam én – dicsekedett az asszony.

– Jó estét, uram! – mondta a kocsmáros asszony. – Mivel kínálhatom meg az urat?

– Köszönöm, egy forró mescal italt kérnék.

Az ital fokozatosan feltüzesítette a püspök urat, aki lelkesen mesélt a perui asszonynak és annak fiának. A hölgy azon a véleményen állt, hogy véletlenek nincsenek, már csak azért sem, mert ha lennének, akkor túl bonyolult lenne az élet. Úgy vélekedett, hogy ez egy valóságos csoda, amit a Jóisten jól összehangolt, és azt tanácsolta, hogy minél hamarabb vágjon bele ebbe a kalandba. Főleg akkor, ha tele van a szíve energiával.

– Még egy mescalt, uram?

– Természetesen, köszönöm – mondta a felszabadult püspök úr, aki még mindig nem számított rá, hogy ez még közel sem a hegynek a csúcsa, bár igen szép a kilátás, még mászni kell.

– Tudja, mi átutazóban vagyunk – mondta az asszonyság –, a férjem már régen meghalt, és a fiammal városról városra járunk, és piacozunk. Nehéz élet, de jelenleg nem tudok jobbat – mondta édes szomorral a hangjában az asszonyság. A fiúcska úgy hét éves lehetett. Szikrák pattogtak a szemében.

– Tudja, zenésznek akar tanulni. Mindig mondom neki, hogy az nem megélhetés, de ez az álma, és képzelje, amilyen rafinált, összespórolt már egy trombitára, és csak fújja, fújja. Ha kell, ha nem. Nézzenek oda, már megint megy. Biztos leül valahol az éjszakában, és a turistáknak játszik. Nagyon ügyes, napról napra ügyesebb, és képzelje, már több pénzt keres, mint amennyit én a vásárokból. Na, látja, ez a mi kis csodánk.

Eliah Teodor ekkor felemelte fejét, és a kijárat felé tartó gyereket figyelte.

– Fiam! – kiáltott utána.

A fiúcska hátrafordult, visszasietett a pulthoz, meghajolt, majd illedelmesen bemutatkozott:

– Juan Pablo Benitez vagyok. Apám neve után.

A püspök úr örömmel fogadta a kézfogást.

– Juan Pablo, játssz nekem egy édes-szomorú dalt, ami a szívedben van.

A gyermek fellelkesült, odasietett az ajtóhoz, élvezte, hogy szerepelhet, és szívből játszott. Az emberek mind odafigyeltek, és érezték a súgást a fülükben. Mind várták az újabb és újabb trillákat. Eliah atya pedig szép lassan könnyezni kezdett. Égnek emelte a kezét, és így nyilatkozott:

– Hatalmas vagy, Uram, leírhatatlan nagyságod. Kérlek, segíts meg bennünket, hogy édes, nehéz fájdalmunkat fel tudjuk ajánlani oltárodon.

Az emberek meglepődtek a hallottakon, és szívük rejtekébe zárták ezt az estét.

A kisfiú, Juan Pablo meghajolt az előadás végén, és kalapját levéve egy kis kört tett. Majd kezébe szórta az aprókat, és diadalmasan jelentette, hogy ez bizony elég az éjjeli szállásra.

Anyja megdicsérte a gyereket és azt mondta az atyának:

– Látja, ő az én kis hősöm, mindig kisegít minket az Isten. Nyugodjon meg, atyám, minden sikerülni fog.

Mindezek után az asszony felajánlotta Eliah atyának, hogy ha akar, tartson velük a szállásra. Az atya mentegetőzött, hogy már lefoglalta a szállást, meg hogy már fáradt is, és szeretne nyugovóra térni, de nem tudott nemet mondani. Kíváncsi volt, milyen az a híres-neves szállás, ahova meginvitálták.

Beleegyezett.

– Na jó, megnézem a szállást, de csak akkor, ha reggel megvendégelhetem magukat.

Az asszonyka sűrű köszönetmondások közepette kilépett az ajtón, Juan Pablóval egyetemben, és a város kevésbé fényes negyede felé indultak. Nagyjából negyedóra járás után értek el egy kis kőházat, ami egyszintes volt, egy kicsiny szobával, amiben egy asztal volt és négy ágy. Már várták őket: egy fiatalember, aki nagy mosollyal üdvözölte őket.

– Maria asszony, Juan Pablo, hát újra erre? Látom, vendéget is hoztatok.

– Igen, igen, ő egy nigériai püspök úr.

– Legmélyebb tisztelet, atyám.

Eliah úgy érezte, hogy mennie kell, és ez az igény szemeinek fáradtságán is kiütközött.

– Köszönök mindent önöknek, holnap akkor a reggelire várom magukat a Szent Ferenc kolostorban.

Pablo odasimult anyja szoknyájához, és valamit nagyon mondani akart.

– Igen, fiam? – mondta házsártosan az asszonyka.

– Hadd tartsak ezen a csúcsszuper úton Eliah atyával!

– Fiam, ha így akarod, ám legyen. De el ne engedd a kezét ennek a nemes embernek soha – mondta szigorúan.

Így Eliah püspök úr egy kicsiny gyerekkel kézen fogva sétált az éjszakában a Szent Ferenc kolostor felé. A gyermek kezében csak a trombita volt, fején a kalap. Szívében büszkeség, hogy valami fantasztikusnak a részese lehet.

Eliah atya pedig könnyű szívű volt, és roppant lelkes, de igen-igen fáradt.

Úgyhogy amint megérkeztek, csak ledőlt az ágyra, mellé a kisfiú, aki szintén igen-igen fáradt volt, és a gyermek vállát átölelve aludt el.

Szóval hagyjuk is őket aludni, mert a napokban igen komoly feladatuk lesz, hadd pihenjenek. Addig is emeljük fel tekintetünket, és mondjunk köszönetet együtt a napunk sikereiért.

Az ígéret

Az éjszaka hamar ellépdelt, és Eliah Teodor püspök úr édesen aludt a hosszú és tartalmas nap után. Juan Pablo ébredt korábban. Felült az ágyban és arról álmodozott, hogy játszhat a nagyvárosban és szórakoztathatja az embereket. Neki eddig az volt az összes vágya, hogy játszhasson, és segíthessen édesanyjának. De most beköltözött szívébe a vágy, hogy olyan lehessen, mint a mellette szundikáló kicsit öreg püspök bácsi.

– Eliah atya, majd meglátogathatom magát, hogy én is tudjak fiatalokon segíteni?

Ezzel a mondattal ébredni igazán varázslatos.

Eliah atya felült.

– Persze, fiam, követhetsz, de csak ha kijárod itt az iskolákat – mondta határozottan.

– Most anyudnak kell segítened. Szaladj is, biztosan hiányol már. Kifelé menet keresd meg a konyhát, és egyél valami finomat. A szerzetes testvérek már biztosan ott vannak. Nekem még kicsit pihennem kell, igazán hosszú volt a tegnapi nap.

– Eliah atya, akkor beiratkozom itt Limában egy iskolába, és a saját keresetemből fogom fizetni a szállást meg mindent. Remélem, sikerül!

– Sikerülni fog, fiam. Anyádra vigyázz, és segíts neki, amennyit csak tudsz.

A fiatalember kezet nyújtott az öreg püspöknek.

– Úgy fogom csinálni, ahogy az atya mondta, és ha kijárom az iskolát, majd jelentkezem.

– Itt a kezem, fiatalúr, ez igen szép beszéd, ne félj semmitől, egy igazi kincs van a kezedben.

A kisfiú kifelé sietett, vágyott már a szabad égre és anyjának ölelésére. Szaladt, nem kellett neki reggeli. Egy olyan ígérettel a zsebében tért vissza a szállásra, amit legmélyebb álmában sem remélt: hogy egyszer ő is bekapcsolódhasson ebbe a remek munkába. És gondolkozott: *Biztos szükség van ott zene-tanárra. Majd az leszek.*

És büszkén szaladt, és dobta az égbe a trillákat. Nagyon boldog volt.

Édesanyjához szaladt, akinek elújságolta ezt a sok mindent. Édesanyja mély szeretettel ölelte át. Megsimította kisfia fejecskéjét.

– Tudtam én, tudtam én! – lelkendezett. – Egyszer az én fiacskám nagy ember lesz.

No, ezt csak azért mondtam el – igaz, ez kitérő az események folyamában –, mert úgy gondolom, hogy a támogató szó sokszor többet segít, mint a pénz vagy a fizikai támogatás. Ahogy mondtam: ha már meghallgatnak, az igen komoly ajándék, de ha számíthatunk valakire, aki megért, az egy igazi kincs. Ezt úgy tudom megfogalmazni, hogy élünk, ahogy élünk, és ha valaki úgymond hosszas vagy rövidebb kutatómunka után felleli kincseinket, és azokat megragadja, akkor úgymond formába öntődünk, és mint a nemes üveganyag, ilyenkor formálhatóvá válunk, így a kincseink biztonságba kerülnek, és így mi is jobban látjuk őket. Látjuk a céljainkat, amik eddig rejtek alatt ültek. Most ennek voltunk szemtanúi, ahogy egy nagyon tehetséges fiatalember útmutatást kapott, és így nagyobb reménnyel emelkednek ki a kincsei. Drukkoljunk neki, és Eliah püspök úrnak is! Hajoljunk hát mi is oda támogatóinkhoz, és köszönjük meg ezt nekik. Hagyjuk még kicsit pihenni Eliah Teodor atyát, mert most jönnek az igazi kalandok

A finom reggeli ajándék

Míg a püspök úr szunyókált, megérkezett a két leányzó, Lola és Luna. Kellemes bronzos bőrüket finom virágmintás egyberuhába bújtatták, és hogy a hangulatot fokozzák, kiengedték hát hosszú, hullámos, barna hajukat. Mikor megálltak a kolostor előtt a frissen vásárolt Ford Capri Cabrióval, vettek egy nagy levegőt. De kellemes a reggel – érezték, és együtt megcélozták a kolostort. A szerzetes testvérek nem tudták hová tenni a látogatókat. Sűrűn pislogtak, és nagyokat intettek, hogy fáradjanak csak be a kapun a jövevények. A két lány bátran lépdelt a kaputól a bejáratig vezető kis verandán. Szépen sorakoztak a virágok.

– Jaj, de szép kis sziget – lelkendezett Lola. – Nézd, a fiúk ott vannak, milyen szépek ebben az egyenruhában – utalt a barna ferences reverendára

A fiúk kivártak: nagyon izgatta őket, hogy ezt a két szép fiatal lányt vajon milyen szándék vezette feléjük. Lola és Luna egymással versenyeztek, hogy az örömhírt megoszthassák a fiúkkal. Lola csapott bele hirtelen a húrokba:

– Mélyen tisztelt szerzetes fiúk, Eliah Teodor püspök úrért jöttünk, hogy elvigyük Nicaraguába, egy kis kávéföld-beszerzésre.

Lélegzetet sem tudtak venni a fiúk.

Az éltes korú rendfőnök, ki a keresztségben a Santiago nevet kapta, kicsit lamentált.

– Kedves fiatal vendégeink, megtisztel bennünket harmatkönnyű üdeségük, de sajnálattal kell közölnöm, hogy a nevezett személy még alszik, úgyhogy kénytelenek lesznek várakozni kolostorukban. Álljanak csak be a kocsijukkal a kertbe, utána szívesen körbevezetjük magukat.

– Jaj, de rendik! – sóhajtotta Luna.

– Cuki pofák – bökte ki Lola.

A két leányzó közeledett, libegett-lobogott, és a szerzetesek várták őket nagy szeretettel. Ketten gyorsan kinyitották a kaput, míg a többiek maradtak várakozóállásban. Luna a kocsihoz sietett, majd beparkírozott a kertbe. Lola addig is bemutatkozott.

– Jó napot kívánok, kedves fiúk! Én Lolácska vagyok mindenkinek, szólítsanak csak maguk is így.

Széles mosollyal üdvözölték őt.

– Jó napot, Lolácska! – harsogták kórusban.

Luna hamarosan ott termett ikertestvére mellett.

– Én pedig Lunácska vagyok! – nevetgélt könnyeden. – No, halljuk, halljuk, hogyan is van a szerzetesrend, no meg a kolostor! – kiáltották a lányok. A szerzetesek pedig mesélni kezdtek. Mindenki egy történetet mesélt el, közben körbejárták a kolostort, és a két kis gyöngyszem erősen csodálkozott a szép szavakon.

Majd hirtelen Lunából kitört:

– Hadd maradjunk itt kicsit! Nem sokat, csak pár hetet! És kifizetjük a bérleti díjat, de itt olyan csodás a nyugalom, jó itt a szívnek megpihenni.

Santiago felemelte karjait az ég felé és így nyilatkozott:

– Kérésed szerint, Uram, elfogadjuk ezt a két kedves teremtést vendégnek.

Lola tovább fokozta a hangulatot:

– Ha ezt tudjuk, uraim, meghirdettük volna otthon is, és akkor hozhatnánk maguknak kuncsaftokat. Nem felesleges beszéd az, amit mondanak. Igen lélekemelő és lenyűgöző ez a hely.

– Jó itt a szívnek megpihenni – mondták kórusban a rend tagjai.

– Nagyszerű ötlet, kedves Lunácska és Lolácska. Ha Maguk megtennék ezt a nagy szívességet, hogy otthon meghirdetik lelki üdülésnek szerény otthonunkat, akkor mi leszünk a legboldogabbak – csettintett nagy jó kedvében Santiago atya.

– Igazán nagyszerű hír – énekelték kórusban a szerzetes testvérek, Lola és Luna pedig adott egymásnak egy jó kövér pacsit.

– Tutira jó arcok – nevetett Luna

– Belevaló fiúk – mondta Lola boldogan.

– Telepedjünk le a diófa árnyékába, míg a fiúk hozzák a reggelit – kiáltott Santiago.

– Gyorsan, szaporán – éhesek a vendégek.

A szerzetesek sürögtek-forogtak. Szépen körben helyet foglaltak a fűben. Gyorsan hoztak a lányoknak egy nagy pokrócot, hogy össze ne koszolják a ruhájukat, és várták a csodálatosan csengő szavakat.

– Beszéljen, Lolácska! – kérlelte egy még csak 20-as éveinek végét taposó fiatalember.

És Lolácska nem volt rest, gyorsan bele is kezdett mesélni:

– Nagyon köszönjük ezt a vendégszeretetet. Máskor is szívesen jövünk, ha mesélnek még nekünk.

Luna ekkor felkapta a fejét:

– Igen, igen, olyan érdekes ez a Szent Ferenc-sztori.

– Tényleg izgalmas – dicsekedett Santiago.

És a tüsténkedő fiatalok hozták az ételeket. Friss idei szamócalekvárt vajas kaláccsal. Kancsóban gőzölgő kakaót, és persze egy kevés almát vékony szeletekre felszelve, kisütve ropogósra. És a két testvér a fűben a szerzetes testvérek mohó pillantásai közepette boldogan falatozott, és a mindennapokról csacsogtak.

És ez mindenkinek felüdülés volt.

És Santiago örült, hogy megismerhette őket, és annak is, hogy majd vendégeket fogadhatnak Európából üdülési szándékkal. Szóval nagyon jól sikerült a reggel. Ez mondjuk, megérdemel egy fotót, úgyhogy álljunk hátrébb, barátaim, és örökítsük meg ezt a nagyszerű pillanatot.

A két testvér a fűben ülve falatozott, nevezett Lolácska és Lunácska. A szerzetesek pedig nagyon-nagyon boldogok voltak, hogy bearanyozódott a reggelük, és szépen sorban összeálltak, és zsoltárt énekeltek a lányoknak.

A szerző

Bereznai László Péter Budapesten született 1990. 06.
13-án. Diósdon él, okleveles erdőmérnök. Nagyon
szereti a természetet, hobbijai a túrázás, úszás, futás,
írás és festés. 2005 tavaszán kezdett írni, azóta alkot,
eddig versei jelentek meg antológiákban, valamint egy
regénye Vívódások, vallomások, küzdelmek címmel.

A kiadó

Aki feladja,
hogy jobbá váljon,
feladta,
hogy jobb legyen!

E mottó alapján a novum publishing kiadó célja az
új kéziratok felkutatása, megjelentetése, és szerzői
hosszútávú segítése. Az 1997-ben alapított, többszörösen
kitüntetett kiadó az egyik legjelentősebb, újdonsült
szerzőkre specializálódott kiadónak számít többek között
Ausztriában, Németországban és Svájcban.

**Valamennyi új kézirat rövid időn belül egy
ingyenes, kötelezettségek nélküli kiadói
véleményezésen esik át.**

További információkat a kiadóról és a könyvekről az
alábbi oldalon talál:

www.novumpublishing.hu

Bereznai László Péter

Vívódások, vallomások, küzdelmek

ISBN 978-3-99064-682-3
70 oldal

Jutalomért harcolunk az életben, vagy csak azért, mert mást úgysem tehetünk: maga a lét a harc? Van, aki kerüli a csatákat, de az ilyen ember vajon él-e igazán? Vagy az élet a harcaival, küzdelmeivel, áldozataival együtt vezet csak a célhoz – s az áhított jutalomhoz?